集英社オレンジ文庫

十番様の縁結び 4

神在花嫁綺譚

東堂　燦

本書は書き下ろしです。

目次

登場人物紹介

十織(とおり)家

織物が盛んな街、花絲(はないと)の領主である一族。
はるか昔——国生みの時に生まれた神々を始祖とし、
未だ所有する一族＝「神在(かみあり)」でもある。
その中でも、縁を結び縁を切る神、十番様を有する。

◆**終也(しゅうや)**
十織家の若き当主。幽閉されていた真緒を見初め、救い出し妻とした。

◆**真緒(まお)**
街一番の機織り上手。
幽閉され、虐げられていたものの…まっすぐな心の持ち主。

◆志津香（しづか）

終也の妹。勝気な美女。真緒のことを、今では信頼している。

◆綜志郎（そうしろう）

終也の弟であり、志津香にとっては双子の弟。飄々としている。

◆薫子（かおるこ）

終也の母。帝の娘――皇女であったが、先代に降嫁した。
終也の存在を受け入れることが出来ずにいる。

◆綾（りょう）（十織家、先代）

終也の父で、特別な機織でもあった。薫子のことを心から愛していた。

◆六久野恭司（むくのきょうじ）

終也の友人。かつて神在であったが、今は宮中に出仕している。

家系図

はるか昔、国生みのとき、
一番から百番までの神が
産声をあげたという。
その一柱、一柱を始祖とし、
いまだ所有している一族を、
此の国では神在と呼ぶ。

十織

- 先帝 ＝ 妃
  - 薫子 ＝ 綾（先代）
    - 終也 ＝ 真緒
    - 志津香
    - 綜志郎

七伏

- 智弦 ― 従兄妹 ― 真緒

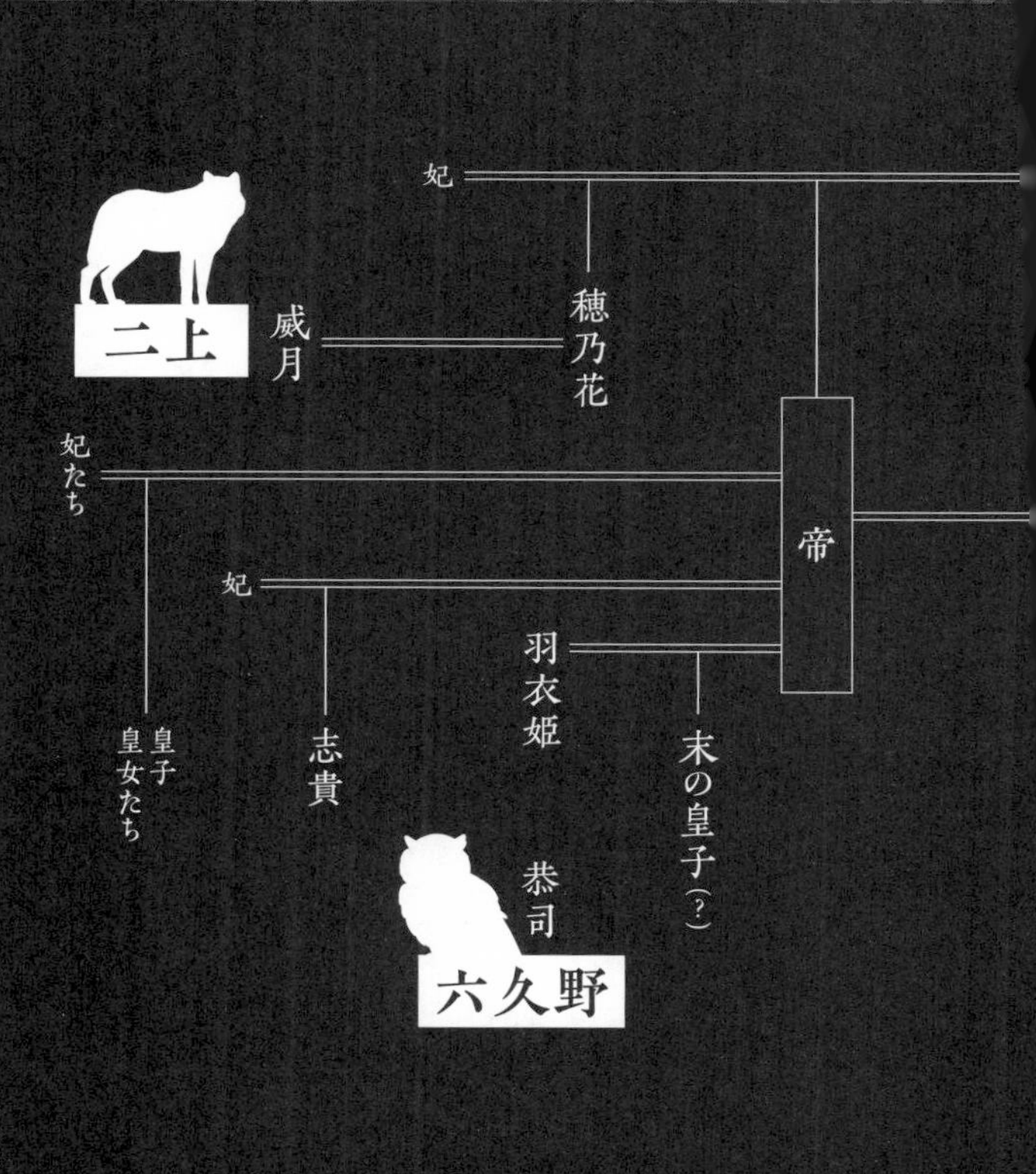
帝
妃
穂乃花
威月
二上
妃たち
妃
羽衣姫
末の皇子(?)
恭司
六久野
志貴
皇子
皇女たち

イラスト／白谷ゆう

十番様の縁結び
4
神在花嫁綺譚

序

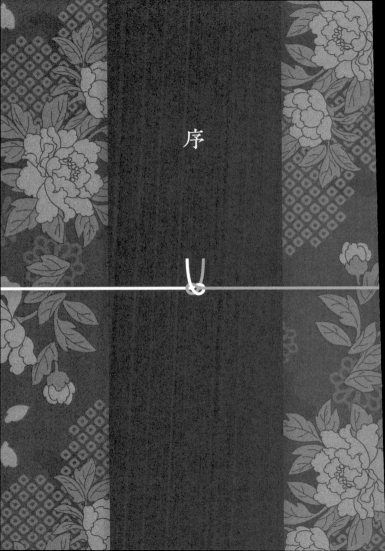

潮の満ち引きによって、霞がかった島への道はあらわれる。

まるで海が割れるように、海面の高さが下がり、その島への道はできあがるのだ。

真緒は、ここではない何処かに続くような、遠い場所まで道連れにされるような、そんな恐ろしさに襲われた。

「かつて、六久野の領地は《天涯島》と呼ばれていた」

赤髪の皇子――志貴は一歩踏み出してから、真緒と終也のことを振り返った。

「天涯って、どんな意味？」

真緒の疑問に答えるよう、終也が補足する。

「空の果て、という意味ですよ。空の端、と言っても良いでしょうか？　この島は、地上において、もっとも空に近い、空の端に在る島。そんな風に、六久野は思っていたのかもしれません」

真緒にとって、空とは遠い、決して手の届かぬ場所だ。

しかし、六久野にとっては違ったのだろう。

先祖たる神と同じように、彼らは翼を持っていた。空とは身近なもので、もしかしたら、故郷のような場所だったのかもしれない。

かつて、六久野恭司は、一族の末路を語ったことがある。

『ひどいものだった。忘れもしない。奴らは男どもの頸(くび)を刎(は)ねて、泣き叫ぶ女たちを攫(さら)い、子どもたちの背中からは翼を奪った』

あの島を治めていた神在(かみあり)は、今上帝(きんじょうてい)によって亡(ほろ)ぼされた。

翼を奪われた子どもには、恭司や、帝(みかど)が囲っていた六久野の姫君――羽衣姫(ういひめ)も含まれている。

「恭司様たちは、六久野が亡ぼされてから、ずっと帝のもとに？」

「そうだな。恭司も、羽衣姫も、ずっと囚われの身だった。羽衣姫については、死んで解放されたが」

おおよそ二十年ほど前、身籠(みご)もった帝の子と一緒に、羽衣姫は亡くなった。折に触れて、彼女のことを耳にしてきた真緒は、やっとの思いで震える唇を開く。

「末の皇子が、帝を殺して即位する」

未来視の神在に生まれた、八塚螟(やつかめい)という男がいた。

八番様(はちばんさま)の血を引く男が、志貴に遺(のこ)した言葉は、いずれ訪れるかもしれない未来を語ったものだ。

だが、真緒たちは、その未来視について大きな勘違いをしていた。否、八塚螟は、あえて勘違いするように仕向けたのだろう。

悪しきものにより、火傷を負い、死の淵に立った志貴を奮い立たせるために。

(八塚螟様は、志貴様の親友だったから)

そもそも、志貴が即位するならば、末の皇子ではなく、志貴が即位する、と名指しの未来視を遺すべきだった。

末の皇子、と濁したことに意味があったのだ。

「俺の下には、もう一人、皇子が生まれるはずだった。帝が最も寵愛し、決して宮中から逃すことのなかった籠の鳥——羽衣姫が身籠もっていた皇子だ」

志貴は虚空を睨みつけた。暗がりで揺れる炎のような瞳には、隠しきれぬ焦燥が滲んでいた。

「末の皇子は、恭司によって生かされたのですね」

終也の声が、あたりに重々しく響く。

「俺が末の皇子ではないならば、帝を殺すのは俺ではない。羽衣姫の産んだ子になる」

死んだはずの、末の皇子。

「その人は、いま何処にいるの?」

真緒のつぶやきに、男二人は答えない。
ざあ、ざあ、と繰り返す波音だけが、あたりに響いていた。

一．

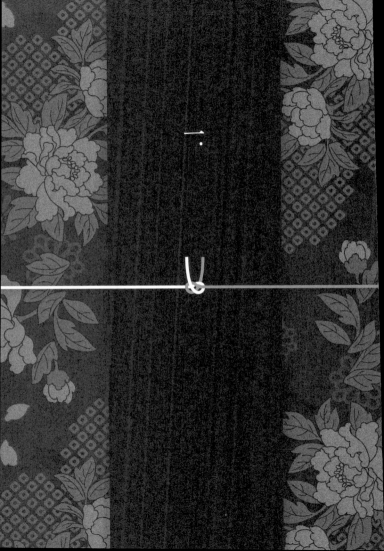

季節は春。

十織邸の庭で、遅咲きの椿が満開になっている頃のことだった。

「真緒」

工房の床にて、まどろんでいた真緒は目を覚ます。ゆっくりと瞼を開けば、美しい夫の姿があった。

「終也？」

真緒は目元を擦りながら、上半身を起こした。

「おはようございます。また、工房で寝てしまったのですね」

真緒と視線を合わせるよう、終也は膝をつく。宝石みたいな緑の瞳が、真緒の姿を映して、甘くとろけた。

朝一番で、終也の顔を見ることができるなど、それだけで素敵な一日になる気がした。

ふと、細く、しなやかな指先が、真緒の頬を撫でる。ひんやりとした掌に、甘えるように頬をすり寄せると、終也はくすくすと笑う。

「可愛いほっぺたに、ボタンの痕がついていますよ」

「袖のボタンかな？　腕を枕にしちゃったから」

襟元や裾にフリルのあしらわれたワンピースは、袖口に大きな飾りボタンがつけられている。外つ国で作られたという銀ボタンは、半球状に盛り上がっているため、頬に痕がつくのも無理はなかった。

「うたた寝には向かない恰好だったかもしれませんね。良く似合っていますけど、珍しいですね。邸のなかで、外つ国の装いをしているのは」

「志津香が、いっぱい持ってきてくれたから」

いま着ているワンピースの他にも、水玉模様のブラウスに、首元にリボンのあしらわれたシャツ、小柄な真緒にもぴったり合うようなそれらは、真緒のために、志津香が用意してくれたものだった。

「ああ。お人形遊びのようなものに付き合わされたのですね。あの子、そういうのが好きみたいですから」

「わたしも楽しかったから良いの。今度、着ているのを見せても良い？　あのね、外つ国の装いだけじゃなくて、もともと志津香が着ていた小袖とかもあるの」

「ぜひ、可愛い姿を見せてください。でも、志津香のものは、君には少し大きいのではありませんか？」

「えっと、そのまま譲ってくれたんじゃなくて。解いてくれたの」

「ああ。解いて、仕立て直したのですね」

てくれたのだ。

反物から仕立てた衣は、縫製を解けば、再び反物に戻る。

志津香は、自分のために仕立てられた小袖を解いて、真緒に似合うように、仕立て直してくれたのだ。

「たぶん、気を遣ってくれたんだと思う。憧れがあったの。家族と同じ物を着せてもらうって。もちろん、終也が新しく仕立ててくれたものも大好きだけど」

「そんな必死にならなくても、きちんと分かっていますよ。志津香は物を大事にする子です。彼女が君に譲ったのならば、君なら大事にしてくれる、と信頼しているからでしょう。良かったですね」

「うん、すごく嬉しい。……終也は、こんな朝から、お出かけ？」

ふと、真緒は疑問に思う。

どうしてか、終也はきっちり外套を着込んでいた。

障子戸の外は薄暗く、ようやく日が昇り始めた頃だ。肌寒く、いまだ夜の気配が色濃くあるなか、彼は何処に向かうつもりなのか。

「ええ。少し、気がかりなことがありまして。帰りは遅くなるかもしれません」

外出の理由は教えたくないのか、終也は言葉を濁した。

「……そっか。気をつけてね」

「はい。真緒は、今日の御予定は？」

「夕方にね、薫子様とお茶の約束をしているの」

「母様と？　それは結構ですけれども、夕方の約束ならば、それまでは休んでくださいね。昨夜も、夜更けまで織っていたのでしょう？」

「でも、さっきまで少し寝ていたから。織っちゃダメ？」

「ダメです。工房の床ではなく、きちんと部屋で休んでください。君が眠るくらいまでは、傍にいますから。ね？」

言葉どおり、真緒が眠りに落ちるまで、終也は傍で語らってくれた。

そして、再び目を覚ましたときには、すでに夕刻近くになっていた。そのまま出かけたであろう終也は、いまだ帰っていないようだった。

（あんなに朝早くから、いったい何の用事で出かけたんだろう？）

十織一族、あるいは花絲の街で、何かしら問題が起きたのだろうか。

悪い予感を振り切るように、真緒は小さく息をつく。分からないことを想像して、勝手に不安になるべきではない。

何が起きたとしても、真緒のするべきことは決まっている。もし、終也が困っているならば、彼のために力を尽くすだけだ。

（そろそろ、薫子様のところに行かないと）

身支度を整えてから、真緒は義母のもとへ向かう。文机に置いていた、小さな風呂敷を持参することを忘れずに。

風呂敷には、先日、終也と出かけたときに買ったキャラメルを包んでいる。

外つ国の甘味なので、薫子には馴染みがないかもしれない。だが、終也と食べたときに、とても幸せな気持ちになったので、薫子とも一緒に食べたかった。

美味しいものは、大好きな人たちと食べると、よりいっそう美味しくなる。

（薫子様、喜んでくれると嬉しいな）

廊下を進んでゆくと、やがて、かこん、という鹿威しの音が近づいてきた。涼やかな音を耳にすると、その音が響く、立派な造りの庭を思い出す。

薫子の居室は、傍にある庭も含めて、邸のなかでも特に手を掛けられている。

十織家の先代が、それだけ薫子のことを愛していた証でもあった。

だから、薫子の居室を訪れると、いつも真緒の胸はあたたかくなる。

「薫子様、こんばんは。真緒です」

戸の外から声をかけるものの、しばらく返事はなかった。もう一度、呼びかけてみるが、やはり何の応えもない。

真緒は、そっと障子戸を開いてみる。

「薫子様？」

室の中央で、彼女は文を片手に、険しい表情をしていた。ただならぬ様子に、真緒は目を丸くする。

「……ああ。真緒、いらっしゃい」

真緒の来訪に気づいたのか、薫子は視線をあげる。あまり生気の感じられない、疲れたようなまなざしだった。

「大丈夫ですか？　すごく顔色が悪いです。具合が悪いのなら、志津香を呼んできましょうか？」

それとも、薫子に仕えている女中の方が良いだろうか。ただでさえ小柄で、華奢な印象を受ける人なので、青ざめた顔を見ていると心配になってしまう。

薫子は苦笑して、ゆっくりと首を横に振った。

「具合が悪いわけではないのよ。――終也から、もう話は聞いているかしら？　朝一番で、あの子に話が伝わるように、綜志郎に頼んだのだけど」

薫子と終也は、少しずつ歩み寄っているものの、いまだ、直接は顔を合わせることができずにいる。そのため、手紙を通して、あるいは終也の妹、弟を通して、遣り取りをしていた。

今朝方、終也に対して、何か重要なことが伝えられたらしい。

「何も聞いていません。朝、出かけていったことは知っているんですけど」

「そう。どうぞ、中にお入りになって。終也は隠したいのかもしれないけど、あなたも十織の人間として、知っておくべきことよ」

十織の人間。その言葉に、真緒は背筋を正して、義母の正面に座った。

「私が、まだ宮中との繋(つな)がりを持っていることは、ご存じでしょう?」

薫子は、今上帝(きんじょうてい)の娘であり、もともとは皇女の身分にある。かつて、皇女として宮中に住んでいたからこそ、未だに宮中に伝手(つて)を持っているのだ。

故に、薫子は十織家で最も早く、宮中の情報を掴(つか)んでいる。

実際、《神迎(かみむかえ)》の衣が燃えて、新たな衣を仕立てるための反物を織ることになったときも、いち早く、薫子は事情を把握(はあく)していた。

「宮中で、何か悪いことが?」

薫子が表情を暗くして、終也が慌てて出かけるような事件が起きたのだ。

「十織にとって、どう転ぶのか分からない。でも、私としては、良いこと、とは口が裂けても言えない。皇子たちが殺されたそうよ」

皇子。真っ先に浮かんだのは、二上家の領地《白牢》で出逢った、志貴のことだった。

「志貴様？」

真緒とは正反対の生き方をする、真緒にとって、はじめての友人だ。

「……いいえ、志貴様は無事よ。お知り合いだったの？」

「お友だちなんです」

白牢で出逢ったとは言えず、真緒は友人であることだけを告げた。

二上家の依頼により、終也と一緒に白牢まで向かったとき、薫子には行き先を秘密にしていた。義妹である志津香が、薫子には隠すように言ったのだ。

（どうして秘密にしたのか分からないけど。志津香が、理由もなく、そういうことをするとは思えなかったから）

だから、真緒は追及しなかった。志津香は、おそらく薫子のことを思って、真緒たちが白牢に赴くことを秘密にしたのだ。

「そう、お友だち。お会いしたのは《白牢》？　志貴様、しばらく宮中からは離れていらっしゃったみたいだもの。何か用事があって、穂乃花様のところに身を寄せていたのかしら？」

薫子は独り言のようにつぶやく。

「知っていたんですか？　わたしと終也が、白牢に行ったこと」

「二上家の御当主が、十織邸にいらっしゃったでしょう？　来客のことは、私だって把握しているのよ。……志津香の計らいかしら？　ごめんなさい、気を遣わせてしまったのね。私が、旦那様が亡くなったときのことを思い出してしまうから」

「あの、先代様が亡くなったことと、《白牢》に関係があるんですか？　薫子様に秘密にしていた理由は、志津香から聞いていなくて」

「旦那様が亡くなったのは、《白牢》からの帰り道だったのよ。志津香は、あなたには言えなかったのかもしれないわ。私が、あなたの大切な終也に、酷い真似をしたときのことだから」

真緒は、ワンピースの袖にあるボタンを、ぎゅっと握る。

十織の先代が亡くなったとき、すなわち、終也が花絲に呼び戻されたときのことだ。

帝都から花絲に戻ってきた終也の首を、薫子は絞めたという。彼女は、夫の死に耐えきれず、終也が先代を殺した、という呪詛を吐いた。

終也と薫子は、長い時間をかけて、少しずつ歩み寄ろうとしている。互いを知ろうと努力している。

それでも、そのような惨い過去があったことは、なかったことにはできない。

「先代様は、事故で亡くなったんでしたよね」

「ええ。白牢からの帰り道、落石事故に巻き込まれたの。あのとき、二上の御当主からの依頼を断っていたら、と。そうしたら、いまも旦那様は生きていた、と、何度も悔いた。……でも、旦那様が、親しい友人からの依頼を断るとは思えないから、あれは仕方のないことだったのでしょうね」

「威月様が、先代様は良い機織だった、って褒めていました」

二上家当主の名を出せば、薫子は満足そうに頷いた。

「私の機織さんだもの、当然よ。今でも、時折、あのときの悲しみがよみがえる。でもね、いまは同じくらい、旦那様のことが好きな気持ちも思い出すことができるのよ」

薫子は微笑む。悲しみばかりではなく、優しい思い出もたくさんあった。それらを抱きしめて、前を向いて生きてゆこう、とする者の笑みだった。

「先代様のこと。亡くなってからも、ずっと好きですか?」

「ずっと好きよ。きっと、もっと好きになるの。だから、良いのよ、私にばかり気を遣わないで。私だって十織の人間だもの」

「知っています。薫子様は十織の人で、ずっとお家のことを大事にしているって。だから、十織のために、宮中の情報を教えてくれるってことも。――本当に、皇子様たちが亡くなったんですね」

　薫子は、十織家の行く末を、いつも真剣に考えている。故に、先ほど彼女から告げられたことは、疑いようもない事実なのだ。

「そうよ、亡くなったの。志貴様を除く皇子たちが亡くなった、と言う方が、あなたには分かりやすいのかしら？　惨いこと」

　薫子の声は震えていた。

　薫子は、すでに何人もの異母兄姉、弟妹を亡くしている。

　帝には数えきれぬほど多くの子どもがいたが、全員が生き残ることができたわけではない。帝から寵愛（ちょうあい）されていた薫子と違って、冷遇されてきた皇子、皇女たちがいた。

　そのことに、薫子が負い目を感じていることを、真緒は知っている。今回の皇子たちの死も、彼女にとっては耐えがたい出来事だったろう。

「どうして、志貴様だけ無事だったんですか？」

「それこそ《白牢》にいたからではなくて？　宮中にいらっしゃらなかったから、無事だったのよ。皇子たちは、宮中で起きた火事で亡くなったの」

　宮中の火事。あまりにも思いあたることが多すぎる。

「悪（あ）しきもの？」

神迎の衣が燃えたときも、その後に続いた帝都での火事騒ぎも、すべて炎の姿をして顕れた《悪しきもの》が原因だった。

巻き込まれたら、無事では済まない災厄だ。

あの炎により、生死を彷徨うことになった志貴を知っている。志貴は生き残ることができたが、この度、同じ目に遭った皇子たちは亡くなったのだ。

「宮中は、帝がいらっしゃる場所ですよね。本当なら、守られるべき場所です。どうして、悪しきものに脅かされるんですか？」

帝こそ、此の国の根幹を支える者。

国生みのとき、一番目から百番目の神が生まれたのは、帝の血筋による。

此の国の人々は、まるで魂に刻み込まれているかのように、此の国が続くためには、帝の血が必要であると分かっているのだ、と、終也に聞いたことがある。

帝は、此の国で、最も守られるべき立場にある。帝が暮らしている宮中は、此の国で、最も安全な場所でなければならない。

「理由が分からないから、恐ろしいのよ。私が宮中にいたとき、悪しきものに脅かされるようなことはなかったもの。ねえ、終也は傷ついていなかった？」

「皇子様たちが亡くなったことに、ですか？」

薫子は悲痛な面持ちになる。

「いいえ。六久野の御方が、宮中から追われていることに。――宮中で火事を起こして、皇子たちを殺したのは、あの御方だそうよ。帝にずっとお仕えしていた。終也と友人だったのでしょう？」

帝に亡ぼされた六久野の生き残り。かつ、終也の友人となれば一人しかいない。

「恭司様が、皇子様たちを殺した？」

真緒の記憶で、恭司は飄々とした笑みを浮かべていた。あの人が皇子たちを殺したなど、とうてい信じることができなかった。

「宮中では、ひどい混乱が起きているそうよ。詳しいことまでは、まだ私の耳にも入っていないけれど」

急ぎ、皇子たちの訃報と、恭司が皇子たちを殺した、という話が、薫子のもとへ届いたらしい。

「……っ、ごめんなさい！　終也のところに行ってきます」

朝に出かけたきり、終也は帰宅していない。頭では分かっていながらも、いても立ってもいられず、真緒は廊下に飛び出した。

（どうして？　どうして、恭司様が）

終也は、恭司のことを大切な友人と思っている。二人とも、決して口にすることはなかったが、親友といっても過言ではないはずだ。

いくら憎まれ口を叩こうとも、特別な存在であることは確かだった。

「義姉(ねえ)さん。廊下を走るな、あんた鈍くさいんだから」

背後から呼び止められて、真緒は振り返った。

「綜志郎！　終也を知らない？」

真緒の問いに、綜志郎は小さく舌打ちをした。義母とよく似た愛らしい顔立ちには、いかにも不機嫌そうな色が滲(にじ)んでいた。

「兄貴なら、まだ外出中だよ。なに？　そんなに慌てて」

「恭司様が！　恭司様が、志貴様のお異母兄(にい)様を……皇子様たちを、殺したって」

綜志郎は前髪をかきあげながら、わざとらしい溜息をつく。

「母様から聞いたわけ？　皇子たちが殺されたって。義姉さんには黙っておきたかったんだけどな。兄貴も、俺も」

綜志郎に悪気はないのかもしれない。だが、暗に余所者(よそもの)と言われた気がして、針を刺されたように、真緒の胸は痛んだ。

「わたしだって、十織の人間だよ？」

「でも、あんたには十番様の血が流れていない」

「それでも、わたしの家は十織だから。終也の、十織家の力になりたいって、いつも思っているよ。だから、わたしにできることがあるのなら言ってほしい」

「それは結構なことだけどさ。義姉さんに負担をかけたくないっていう兄貴の気持ちも、汲んでやったら？　……あと、気になったんだけど。どうして、志貴様、なんて末の皇子を呼んでいるわけ」

綜志郎は思いきり眉をひそめた。

「志貴様は、その」

「どんな仲？　末の皇子っていったら、次の帝、と名高いんだっけ？　そんな厄介な相手と、何処で知り合ったのか教えてほしいんだけど」

「はじめての、お友達なの」

志貴が《悪しきもの》により火傷を負ったことも、《白牢》で療養していたことも、公になっていない。

そのため、何処で知り合ったのか、綜志郎に説明することはできなかった。

「答えになってない。お友達？　薄ら寒いことを言うのは止めろよ。義姉さん、自分の立場を分かっているわけ？　あんたは兄貴の花嫁だ。余所の男と仲良くしたら、兄貴が可哀そうだろうが」

真緒は一度、《白牢》の土地で、終也を哀しませたことがある。

志貴の火傷を見たとき、身も心も傷ついていた彼を放っておくことができなかった。志貴は、虐げられていた頃の真緒や、自分のことを醜いと思っていた終也と重なる部分があったから、なおのこと気になってしまった。

だが、そのことで、終也を傷つけてしまった。

「志貴様には、お友達としての情はあるよ。でも、終也とは違うの。わたしが恋をするのは、此の世でいちばん大事にしたいのは終也だから」

志貴との友情は、決して終也への想いを損なうものではない。

終也を哀しませないよう、真緒が恋する相手は終也だけであることを、何度だって伝え続けるつもりだ。

「義姉さんと兄貴が納得しているのなら、俺が口出すことじゃないんだろうけどさ。さっき言ったこと、ぜったいに違えるなよ。義姉さんは、兄貴のことを一番にしてやってくれよ」

「もちろん。……でもね、わたし、綜志郎たちのことだって大切に想っているよ。そのことも分かってほしいの」

終也が一番であっても、その他を蔑ろにしているつもりはない。真緒にとって、十織は帰る家だから、十織で暮らす人々のことも大切にしたい。

「分かっているよ、そんなことは。優先するものを間違えるなって話。俺たちよりも、兄貴のことを。そして、義姉さん自身のことを大事にしてくれ」

「わたし？」

真緒の脳裏を過ったのは、かつて終也がくれた言葉だった。

『僕が大切にしたい君のことを、君自身が大切にしてくれる日が来ますように。真緒』

終也だけでなく、終也の弟である綜志郎も同じことを言うのだ。

（わたしは、わたしのことも大切にしなくちゃいけない。そうしないと、大切な人たちを哀しませてしまうから）

何度だって、そのことを胸に刻みつけなくてはならない。

「俺なんかと違って、義姉さんに何かあったら、十織は悪いように元通りだ。父様が死んでから、義姉さんが来るまで、そうだったように。……この家には機織が必要なんだ」

十織家は、本家だけでなく一族全体で、機織として家業に携わる者たちが多い。実際、義妹である志津香も、家に所属する機織であった。

しかし、綜志郎の口にした機織は、そういった人々を指しているのではない。

「義姉さんは父様と同じだ。特別な機織。俺たち家族には、そういった存在が必要なんだろうよ。あんたが消えたら、家族は散ける」

「わたしは、そうは思わないよ」

真緒が嫁いでくる前とは違う。

十織の人々は、互いに互いを尊重し、歩み寄ろうとしている。仮に、真緒が欠けたとしても、瓦解することはない。

「義姉さんは、自分の価値を低く見積もる癖があるからな」

「そんなつもりはないけれど」

「嘘つけ。……あーあ、もう台無し。皇子たちが殺されたことも、それを六久野恭司がしたってことも、教えたくなかったんだけどな。あんた、ぜったい首を突っ込もうとするだろう？」

「だって、恭司様が殺したなんて、おかしい。皇子様たちが亡くなったのは、悪しきものが原因だよね？」

悪しきものの顕れとは、此の国が封じていた災厄の顕れだ。誰かの悪意により、意図的に引き起こされるものではない。

どうして、恭司が皇子殺しの犯人とされるのか。

「さあ？　でも、六久野恭司は、宮中の連中から死ぬほど疎まれているだろ。本当に皇子たちを殺したかは知らねえけど、悪意ある誰かに嵌められたのかもな」

「そんな」

「同情すんなよ、あんな男。兄貴の友人らしいけど、そもそも友人は選べって話だろ。よりにもよって六久野なんて、帝とべったりだろうが」

「十織の一族のことを考えるのなら、そうかもしれない。でも、帝都にいた頃のお友達は、終也にとって特別だと思うの。だから、そんな風に言われるのは悲しい」

幼くして、花絲から帝都に送られた終也にとって、あの土地で過ごした日々は大きな意味を持っている。

「帝都、ねえ。俺には縁のない土地で、そもそも行ったこともないから、兄貴が、どんな風に過ごしていたかなんて想像もつかないけれど。やっぱり、六久野の男なんて、良い友人とは思えない……」

「綜志郎！」

綜志郎の声を遮るよう、焦ったような女の声が飛んできた。

「志津香。そんな大声を出さなくても聞こえる！」

廊下の先に立っている志津香は、血の気のない顔をしていた。袴の裾を捌きながら、彼女にしては珍しく駆け足でやってくる。

「兄様は、どちらに?」

「なんで、義姉(ねえ)さんもお前も、兄貴のこと聞いてくるんだよ。まだ外出中だよ」

「どうしましょう。お客様なの」

志津香の顔は困り果てて、少しばかり泣きそうにも見えた。

「俺に?　来客の予定はねえけど」

志津香は首を横に振ってから、真緒に視線を遣った。

「わたし?」

志津香は真っ青な顔のまま頷(うなず)く。

「兄貴がいないとき、義姉さんに客?　追い返せよ、そんな客。もともと約束しているわけでもねえだろ」

「無理よ。だから、困っているのよ。どうしましょう?　母様?　でも、お歳(とし)も離れているから、そもそも母様は面識あるのかしら……」

「焦っているのは分かったから、落ちつけ」

綜志郎は背伸びをして、おろおろする志津香の頭を撫(な)でた。

まるで、歳の離れた妹をなだめるかのように。

双子とはいえ、対外的には姉と弟とされている。背が高く大人びた志津香と、小柄で少年めいた綜志郎では、初対面の人は間違いなく志津香を姉と判断するだろう。

（でも。こういうときの志津香は、どちらかと言うと妹みたい）

ただ、思い返してみると、いざとなったとき肝が据わっているのは、綜志郎の方だったかもしれない。

「結局、誰なの？　わたしへのお客さんって。わたしが対応すれば良いの？」

志津香の困りようから、客人は相応に身分の高い人間であることが分かった。真緒が姿を現さない限り、引くつもりもないのだろう。

「ダメよ。兄様が怒ってしまうもの」

「兄貴が許さねえだろ」

綜志郎と志津香は、まったく同じ瞬間、同じように真緒を止めた。

「わたし、終也がいないと何もできない、ってわけじゃないんだよ」

客人が、どのような相手なのか知らない。だが、真緒が出ることで解決するならば、その方が話は早い。

「末の皇子様」

「は？」

思わずといった様子で、綜志郎が低い声を出した。

「末の皇子様が！　義姉様と、ついでに兄様に用事だって、いらっしゃっているの」

（志貴様？　どうして）

真緒は戸惑いを隠せず、椿色の瞳を揺らした。

◇◆◇◆◇

真緒が客間に駆けつけると、赤髪の男の姿があった。

「志貴様」

綴れ織の布が掛けられた長椅子に、男は悠々と腰かけていた。男性にしては小柄だが、不思議と存在感が強く、人の目を引きつける。

「《白牢》以来か？　真緒」

志貴は火傷の残っている顔に、満面の笑みを浮かべた。あいかわらず、太陽みたいにからりと笑う人だった。

あまりにも自然に声をかけてくるので、一瞬、真緒は言葉に詰まってしまった。

「はは。あいかわらず素直な女だな、ぜんぶ顔に出ているぞ。なんで、俺がここにいるのか、と思っているのだろう？」

「今度お会いするのは、帝都だと思っていたんです。志貴様のために、反物をお持ちする約束だったから。《悪しきもの》から、志貴様を守ってくれるようなものを織る、と言ったでしょう？」

真緒は、志貴の考えに賛同し、彼の野望を助けることはできない。

（志貴様を一番にして、志貴様と一緒に地獄に堕ちることはできない。わたしの一番は終也だから）

だが、友人として、彼の無事を祈り、そのために織ることはできる。志貴も、反物を帝都まで持ってくるならば会ってやる、と言っていたはずだ。

（それに。志貴様、白牢での療養は終わったのかな？）

火傷の療養が終わり、すでに一度、帝都に戻ったのか。

それとも、まだ帝都に帰らぬうちに、何かしらの用事があって、十織邸に立ち寄ったのだろうか。

「帝都で会えたならば、そちらの方が良かったのだろうな。それで？　終也は一緒ではないのか？　本当に、お前は性質の悪い女だな。終也がいないとき、ひとりで俺と会うなど……」

「真緒を責めないでください。約束もなしに訪ねてきた、志貴様が悪いでしょう？」

客間に飛び込んできたのは、髪を乱した終也だった。たった今、邸（やしき）に戻ってきたところらしく、外套（がいとう）を着込んだままである。

「終也。お前、俺に対しての当たりが強くなったな？」

「それは失礼しました。でも、当たりが強くなって当然でしょう？　妻についた悪い虫に優しくできるほど、僕の心は広くないので。——真緒、いま帰りました」

終也は、とろけるような笑みを浮かべた。

「おかえりなさい」

真緒はつられるように笑った。

朝からの外出は、皇子たちの訃報（ふほう）や、恭司のことが理由だったのだろう。

何か分かったのか、それとも分からなかったのか。気がかりではあるが、まずは終也が無事に帰ってきてくれて、ほっとした。

「おいおい、俺を無視して仲良くするのは止めろ」

志貴は呆（あき）れたように肩を竦（すく）めた。

「志貴様、どういった御用ですか？　花絲には、あなたの興味を引くものはありませんよ。そもそも、お一人でいらっしゃるなど、不用心ではありませんか」

「不用心？　何の問題もない。花絲までは、威月に護衛を務めてもらったからな」

どうやら、二上家の当主を護衛として、花絲まで足を運んだらしい。志貴の口ぶりでは、すでに威月とは別れているようだが。

「帰ることができなかったのですか？　帝都に」

「よく分かっているじゃないか。悪い報せがあったから、な。白牢での療養を終えて、帝都に帰ろうとした矢先だ。ひどい話だろう？　炎に巻き込まれた異母兄たちは即死だったらしい。俺と違って」

志貴は、自らの口元から首筋にかけてを、骨張った指先でなぞる。以前、白牢で顔を合わせたときより治癒は進んでいるが、いまだ生々しい火傷に冒されていた。

宮中で起こった《悪しきもの》による火事。

それこそが、かつて志貴に大火傷を負わせて、この度、彼の異母兄たちを死に至らしめた災禍だった。

「わざわざ、僕たちに詳細を教えてくださるのですか？　それほど、お優しい方とは思いませんでしたが」

「俺はいつだって優しいが。薫子様から、どこまで聞いている？」

終也は口を開く。

皇子たちが殺されてしまったこと、そして――。

「恭司が、皇子たちを殺した、と聞いています」

終也の声は淡々としていたが、白皙（はくせき）の美貌（びぼう）には影が落ちていた。

皇子たちの訃報だけならば、おそらく、終也は動揺（どうよう）しなかった。終也は優しい男だが、万人を愛するというよりも、大切な人にこそ心を傾ける男だ。

友人が罪を犯した。その一点が、深く、終也の心を傷つけている。

「そう。六久野恭司は皇子たちを殺した。宮中の者たちは、いま、血眼（ちまなこ）になって恭司の行方（ゆくえ）を追っている。あれでは軍部が動くのも時間の問題だろう」

「奇妙な話です。皇子たちは《悪しきもの》によって亡くなったのでしょう？　何故、恭司が殺したことになるのですか？」

「宮中に《悪しきもの》を招いたのが、恭司だから、だ」

「何を言うかと思えば。どうやって招くというのですか？」

「さあ？　だが、六久野は、かつて神在（かみあり）だった。恭司が、悪しきものを招く術を持っていたとしても、俺は驚かない。一番目から百番目までの神は、悪しきものに抗（あらが）うために……いや、正確には封じるため、が正しいのか？　そのために生まれたのだから」

「封じることができるなら、招くこともできる？」

思わず、真緒は零した。

悪しきもの、邪気、魔、禍、物の怪。

それらは厄災なので、決して、恣意的に操ることができるものではない。

そう思いたかったが、もしかしたら、誰かを傷つけるために、悪しきものを招く手段もあるかもしれない。

「帝は、何をしていらっしゃるのですか？　恭司のことを、帝の気に入り、と言ったのは志貴様でしょう。気に入りならば、何故、いま助けてくださらないのですか。……散々、苦しめておきながら、今さら見捨てるなど」

「終也」

真緒は思わず、彼の左腕に抱きつく。打ちのめされている彼のことを、黙って見ていることができなかった。

「帝は体調を崩されている。《神迎》が終わってから、一切、表に出ていない。面会できる人間も、かなり限られているそうだ」

神迎は、年に一度、神在の家の代表が、帝のもとに参じる儀礼だった。毎年、執り行われるのは秋のことである。

いまの季節は春。

神迎から今に至るまで、帝が姿を現していないならば、相当、ひどい病状であることが窺える。

「志貴様も、ずっと、帝とお会いしていないってことですか？」

「俺は、もともと火傷を負ってから顔を合わせていない。だから、帝が姿を見せなくなった、というのも、異母兄たちの訃報と一緒に知った。帝と会っているのは、身の回りの世話をしている者たちを除いたら、恭司くらいだったらしい」

「恭司を巻き込んで、帝が何かしていたのでは？　あの御方は、いつも恭司を良いように使われますから」

「どうだろうな？　むしろ、恭司こそ、帝を巻き込んだのかもしれない。終也、あの二人の関係は、お前が思うよりも複雑だ。帝と恭司は、幼少期からの付き合いだからな。羽衣姫を含めて」

「羽衣姫、さま？」

「真緒は知らないのか？　六久野の姫君だ、帝が囲っていた」

真緒は思い出す。神迎に参じる終也に付き添い、帝都に行ったときのことだ。

大きな楓の下に、色とりどりの秋薔薇が咲く庭があった。赤く色づいた葉が散りゆくなか、恭司は胸のうちにある恋心を、ほんの少しだけ真緒に明かしてくれた。

六久野の姫君。その人は、たしか。

(恭司様が、恋をした人)

『ずっと、籠の鳥で憐れだった。何処にでも行ける女だったのに、どこにも行くことができず、宮中で死んでいった』

六久野の生き残りたちに対して、帝が人質として囲っていた姫君である。

「羽衣姫といったら、宮中では蛇蝎のごとく嫌われていた。帝の寵愛を一身に受ける姫。神在の血を引く娘だから、いつまでも若々しく、美しく、帝の愛を独り占めにしてきた稀代の悪女だな」

「……僕には、不遇の妃、という印象しかありません」

「ずっと囲われていたことを不遇というならば、不遇かもしれない。だが、帝にとって、特別な妃であったことは間違いない。恭司も含めて、あの三人は切っても切れない仲だったわけだ。いやな三つ巴だった」

「誰も、恭司たちを帝から引き離そう、と思わなかったのですか？　宮中の人間は、恭司たちを認めていなかったのでしょう」

「認めようが、認めまいが関係ない。帝の御意志は絶対だ。あの御方が望むのならば、それに否やを言う連中は、もう宮中には残っていない」

それだけ、今上帝の在位は長きに渡る。帝の行動をたしなめることができる人間が、何処にもいなくなるほどの年月が流れたのだ。

さて、と仕切り直すように、志貴はわざとらしく両手を広げる。

「俺以外の皇子たちは殺されて、下手人(げしゅにん)とされる六久野恭司は行方不明だ。極めつけに、長らく帝は姿を見せていない。宮中は大荒れだ。皇子殺しを恭司の仕業(しわざ)と言うが、誰も彼も、何が起きているのか本当のところは分かっていないのだろうよ」

「あなたも含めて、ですね？　志貴様」

「そう、俺も含めて分からない。ならば、すべて分かっている男を問い詰めるべきだ。回りくどい話は止めにしよう。——恭司は、十織にいるのか？」

（そっか。だから、志貴様は花絲にまで来たんだ）

志貴は疑っている。

終也が、友人である六久野恭司を匿(かくま)っているのではないか、と。

「いいえ。むしろ、こちらが聞きたいくらいです。恭司の行方を、ご存じですか？」

終也は、本心では、志貴の問いに頷(うなず)きたかったに違いない。もし、恭司が花絲を訪ねてきたら、力になろうとしたはずだ。

「十織家で匿われていないのならば、やはり、俺が摑(つか)んでいる話が正しいのだな」

志貴は天井を、正確には、おそらく空を指さした。

「《天涯島》のあたりで、消息を絶ったらしい」

それは、かつて、六久野という神在が暮らしていた土地だという。

二・

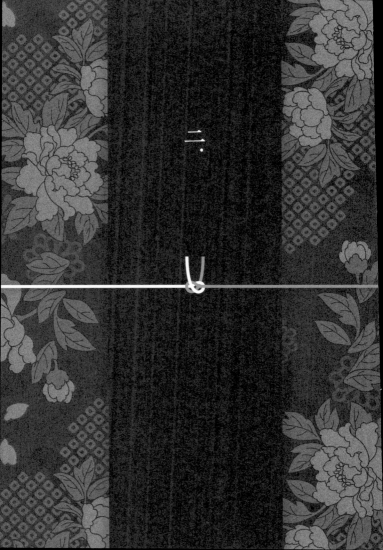

夜の帳が下りている。

あたりが闇に包まれるなか、真緒は一人きり、椿の庭を歩く。

今夜ばかりは、いつものように織ることができなかった。かといって、眠ることもできず、真緒は気をまぎらわすように庭に下りた。

(志貴様は、《天涯島》に向かうのかな?)

志貴は、今夜は十織邸に留まることになったが、恭司がいない以上、花絲に用はない。次は《天涯島》――かつて、六久野が治めていた土地に向かうだろう。

志貴は、恭司を捕まえて、真実を語らせるつもりだという。

その後、恭司の処遇は、どうなるのか。

きっと、無事ではいられない。

(終也?)

群れなす椿のなか、終也は佇んでいた。美しい横顔は、何処かもの悲しげで、憂いを帯びている。

真緒はぎゅっと拳を握ってから、終也のもとに駆け寄った。

「恭司様、無事だと良いね」

真緒を一瞥してから、終也はうつむく。

「無事であったとしても、捕まれば、きっと死罪でしょう。皇子たちを殺すために、あの人が宮中に《悪しきもの》を招いたとしたら」

「恭司様じゃないよ」

「どうでしょうね。朝から、いろいろと情報を集めてみましたが、母様から聞いた以上のことは分かりませんでした」

「やっぱり。そのことで出かけていたんだね」

「おそらく、恭司がしたことは真実なのでしょう。悪しきものを招き入れ、皇子たちを殺した。……僕は、君よりも、あの人のことを知っています。分かるのですよ。それで望みが叶うならば、恭司は手を汚すことをためらわない」

皇子たちを殺さなければ果たせない望みとは、いったい何だろうか。

真緒は、そっと終也の腕を引いた。すると、終也は屈み込んで、真緒と視線を合わせてくれた。

「なら、恭司様に会いに行こう？　会って、聞いてみるの。本当に、皇子様たちを殺したのか」

終也は小さく息を呑んだ。

「あまり、宮中のことに関わるべきではありません。帝位をめぐる争いなど、十織には関係のないことです。関わったとき、不幸なことが起きるかもしれません」

終也の言葉は、十織家の当主としてのものだった。神を所有し、家を守り続けるために、いま帝位争いに絡むべきではない、と。

終也は切なそうな表情で続ける。

「あと少しでしょう？　今上帝の御代が終われば、神在たちにも安寧が訪れるはずです。嵐が過ぎ去ることを待つように、ただ帝の死を待てば良い。……僕は、君のいる十織を危険にさらしたくない」

終也は、薫子とまったく同じことを言う。

薫子は、帝が亡くなるまでの辛抱、と語ったことがある。今上帝の時代が終われば、神在への過剰な弾圧は終わる、と彼女も考えていた。

「終也も、薫子様も、そう言うけれど。本当に、そうなのかな？」

「どういう意味ですか？」

「志貴様と会って、思わなかった？　帝が代わるってことは、宮中の神在への態度だって、どんな風になるか分からない。次の帝は、今上帝よりも強く、神在のことを嫌うかもしれないよ」

志貴は、神在を支配するしかない、と言った。

あれは、帝位争いから遠ざけられた志貴が、宮中に返り咲くために言ったことだ。志貴自身の根っこにある考え方とは、もしかしたら違うのかもしれない。

だが、未来が、今よりも良くなる保証はない、と突きつけられた気がした。

「十織も、無関係ではない、と？」

「何もしなくても、この先のことは十織にも影響があるよね。皇子様たちが亡くなって、帝は姿を見せなくて。どんどん悪いことは起きるのに、何もしないままでいて、十織は無事でいられるの？」

風が吹いて、艶やかな椿の花が、ぽたり、ぽたり、と地面に落ちてゆく。

地に落ちた花が、二度と戻らないように。何もせず傍観しているうちに、取り返しのつかないことが起きるのではないか。

「ずるい言い方をしますね」

「うん、ずるいの。わたし、終也には恭司様と会ってほしい。いま恭司様に会いに行かなかったら、終也は後悔すると思うから」

「君がいるならば、僕は何も悔いたりしませんよ」

「本当に？　終也は、十織の当主になる前――帝都にいた日々のことも、大切に思っているよね。大切な日々だった、と思えるようになったんだよね？　その記憶には、恭司様だっているんじゃないの?」

終也は口を閉ざした。黙したままであることが、何よりもの肯定だった。

真緒は、帝都にいたときの終也のことを、すべて知っているわけではない。

だが、帝都で過ごした日々が、いまの終也を形づくるひとつである、ということは知っていた。

そこには、当然、恭司との記憶もあるだろう。学舎(まなびや)で肩を並べて、友人として重ねた月日は、いまも終也の心に根付いている。

「わたしは、終也には何一つ捨ててほしくない。わたしだけが隣にいたら、それで良いんじゃなくて。わたしの他にも、たくさんの人や、大切なものが、終也の周りにあれば良いなって、いつも祈っているよ」

ずっと一緒にいたい。それでも、いつか別れのときが訪れる。

真緒は、先祖返り(せんぞがえ)である終也を置き去りにして、死出(しで)の旅に向かうことになる。

だからこそ、終也が生きてゆくために、たくさんのものを遺(のこ)してあげたかった。終也の歩んでゆく道のりが、あたたかなもので満たされるように。

過去も、現在(いま)も、未来も。

真緒は、何ひとつ、終也に捨ててほしくなかった。

「大事な、お友達だよね。終也が人の世で生きてゆくために、必要な人でしょう？」

真緒は両手を伸ばして、終也のことを抱きしめる。

「本当に、ずるい言い方をしますね」

「ずるいのは、嫌い？」

「好きに決まっています。だって、僕を想って、僕のために、君はそう言ってくれているのでしょう？」

「わたしの一番は、終也だから。大切なものがたくさんできても、いちばんに、終也が幸せであってほしいと願っているの」

終也は、そっと真緒の背に腕をまわした。それから、観念したように、真緒の肩口に額を押しつけてくる。

「志貴様のところに行きましょう。恭司に会うために」

終也の言葉に、真緒は何度も頷（うなず）いた。


十織邸は、表側と裏側で、つくりが異なっている。

古くから続く家を、改修を繰り返しながら使っているので、様々な時代が入り組んだような不思議なつくりをしているのだ。

街を見下ろすような表側は、比較的、外つ国の様式を取り入れている。志貴が滞在しているのは、そんな表側のことだった。

「真緒。先に入って、志貴様と話しますか？」

「え？」

「志貴様にとっては対立相手だったとしても、血の繋がった異母兄たちを亡くされたのです。誰かと話して、心の整理をすることも必要でしょう？」

「終也は、それで良いの？」

「あなたの友人ならば、僕も大事にしたいと思います。ここで待っています。お話が終わったら、僕のことを呼んでくれますか？」

友人として、志貴を心配する真緒の心を、終也は尊重してくれているのだ。ならば、真緒も、終也の心を裏切りたくはなかった。

真緒は、じっと終也のことを見つめる。彼が傷ついていないのか、無理をしていないのか、確かめるために。

（綜志郎に話したことは、嘘じゃないから）

真緒がいちばんに大切にしたい人は終也だった。そのことが、誤解なく、終也に伝わるよう、真緒は努力しなければならない。

「いってくるね。だから、待っていてくれる？」

終也は微笑んで、真緒のことを送り出してくれた。

「志貴様」

室内には、長椅子に仰向けになった志貴がいた。両腕を組んで、額の上に被せる姿は、まるで何も見たくない、とでも語るようであった。

真緒は、そこに志貴の心の揺らぎを見た気がした。

十織邸を訪れたときは、おそらく気を張っていたのだろう。宮中で起きた不幸は、十織家だけでなく、志貴にとっても衝撃的だったはずだ。

「……夜這いなら歓迎するが、お前の夫に殺されてしまうな」

志貴は寝転がったまま、こちらに視線だけを寄越した。

「入り口に、終也もいるので」

「なるほど。お前に下手なことをしたら、俺を殺すつもりだろうな。神在に生まれた男は、嫉妬深く、執念深いからな。俺のような、ただの人間には理解できないが」

志貴に自覚があるのか分からないが、彼は、ごく自然に線引きをした。

神の血の流れぬ自分には、人ならざるものの血を継ぐ神在のことなど、理解できるはずがない、と。

端から、理解しようとも思っていないのかもしれない。

きっと、志貴にとっては、一番目から百番目までの神も、その血を引く神在も、本当の意味で、自分たちと交わるものではない。

此の国を守るために必要だから、此の国に在ることを認めているだけなのだ。

「終也が心配してくれるのは嬉しいです。でも、志貴様は、わたしに《下手なこと》なんて、絶対にしません」

「お友達だから、か？　それは、俺を買いかぶりすぎている。そもそも、お前だけでなく、十織の者たちは人が好すぎるな。突然、花絲を訪ねてきたというのに、俺を客室になど留め置いて」

「……？　この家の人たちは、みんな優しいので。何か不自由はありませんか？」

「不自由はない。良い趣味をしている部屋だな、これほど外つ国のものを取り入れているとは思わなかった。花絲は京寄りの土地だから、十織の邸も、保守的なつくりをしているとばかり」

「邸の裏側は、志貴様の想像するとおりですよ。ここは表側なので、外つ国の様式を、たくさん取り入れているだけで。素敵な部屋ですよね。外つ国のものがいっぱいで、わたしも珍しいなって思います」

「自分の家だろうに、そんなに珍しいのか？」

真緒は頷いてから、室内を見渡した。

壁際にある書棚には、外つ国から輸入された革表紙の本が並べられている。板張りの床に敷かれた絨毯も、外つ国から輸入されたものであるからか、真緒の知らない文様が織り出されていた。

また、茶卓の上に載っているランプは、色も形もさまざまなガラスを組み合わせており、きらきらとした鮮やかな光に目を奪われる。色ガラスの合間を縫うようにして描かれた植物の蔦のような文様も、床の絨毯とはまた趣が違い、こちらはこちらで美しい。

他にもたくさん、外つ国の文化が感じられるものが置かれている。

「何度見ても、珍しいなって思います。わたしの知らないものだったから」

「ふうん？　俺は、お前の生い立ちには興味ないが、本当に、神在の妻らしくない。そもそも、お前、外つ国と言われて、きちんと理解しているのか？」

「外の国、ですよね？」

海の向こうには、真緒の行ったことのない国があるという。

「此の国の外にある国々という意味だ。外つ国、と一括りにしているが、ひとつの国を指していわけではない」

　真緒はゆっくりと瞬きをした。

「そうなんですか？」

「お前のように勘違いしている人間は多いんだ。外つ国は、此の国で暮らす者たちにとって馴染みのないものだったから」

「ずっと、外との関係を絶っていたから、ですか？」

　ひと昔前まで、此の国は鎖されていたという。

「絶っていたのではなく、正しくは、限られた層しか関わっていなかった、だ。だから、ほとんどの者たちが、外にある国々のことなど知らずに生きていた」

　真緒にとって、外の世界とは、幽閉されていた平屋の外にある場所だった。

　故に、平屋の外にある世界、そのさらに向こうにある国々にまでは、思いを馳せることはなかった。

「志貴様も、関わっていたんですか？」

「もちろん。今上帝は、外つ国に対しては好意的だからな。……今思うと、あの御方は此の国が好きではないから、外つ国に憧れを抱いたのかもしれない」

「憧れ。帝なのに？」

思わず、真緒は零してしまう。

帝とは、いちばん偉くて、いちばん恐ろしい人。そのように教わっていたので、帝が外つ国に憧れているとは思わなかった。

（帝にお会いしたことはないのに。心の何処かで、何もかも持っている人だって、思っていたのかな？　そんなひどいことを考えていたのかもしれない）

人には、当人しか分からない痛みや苦しみがある。

何もかもに恵まれて、すべてを持っている人など存在しない。

そうと知りながら、帝のことを、自分とは違う生き物、と排除していたのだろうか。もし、真緒の中に、そのような考えがあったならば、とても傲慢なことだ。

「お前たちは、帝は何でも持っている、と思うのかもしれない。だが、その身に流れる血のせいで、誰よりも不自由を強いられる」

「だから、外つ国に憧れるんですね」

「その血に囚われて、自分の望むとおりの在り方ができない者は、外つ国に過剰な憧れを抱く。自由になれない我が身を憂いて、外つ国に夢を抱くわけだ。そこに行けば、苦しみも痛みもなく、幸せになれる、と。愚かだろう？」

実の父親に対して、ずいぶん辛辣な物言いだった。

もしかしたら、帝だけでなく、志貴自身の気持ちも含まれていたのかもしれない。

志貴もまた、皇子として生まれたが故に、背負ってきたものがある。それは彼を強くしたが、同時に、皇子以外の在り方を許さなかった。

「今ここで幸せになれないのなら、違う場所で、と思うのは、自然なことだと思います。そんな夢を見てしまうんです」

平屋に閉じ込められていた真緒が、いつか迎えにきます、と言ってくれた男の子に、夢を抱いたように。

心が寒くて、痛くて、凍えそうなとき、人は夢を見ずにはいられない。

「夢、ね。まるで、恭司のようなことを言う。……宮中にある、恭司の庭を見たことがあるか？　あれが執務をしている一郭に設けられた庭だ」

「大きな楓のある、お庭ですよね。神迎のときに見せてもらいました。ちょうど秋薔薇が咲いていたときです」

古くから此の国に根付いている楓の下に、外つ国から入ってきた薔薇の生け垣。

不思議な取り合わせであったが、妙にしっくりきたのは、その庭を造らせた人の想いが透けて見えたからだ。

此の国と外つ国――内と外が混ざり合った庭を造らせた人は、自由を愛していた。

「あれは羽衣姫が造らせた庭だ。憐れだろう？　鳥籠に囚われていた女は、ずっと外つ国に夢を見ていたわけだ。本人は、六久野の領地たる《天涯島》と、宮中しか知らなかったというのに。――宮中は地獄みたいなものだから、分からなくもないが」

かねてから、宮中を《地獄》と語っていた男は自嘲する。

その笑みには、真緒の知らない、志貴の傷が滲んでいる。

一説によると、地獄とは、《悪しきもの》が封じられた地の底を指している。

生まれ育った場所を、そのように喩えるほど、志貴の歩んできた道のりは苦難に満ちていた。

「異母兄上たちは気の毒だ。ずっと、そんな地獄に囚われていたというのに、そのまま地獄で死んでいったわけだ。宮中で《悪しきもの》に襲われるなど、本来、あってはならないことだった」

長椅子から上半身を起こして、志貴は乱れた髪を結び直した。

暗がりで揺れる炎のような赤髪が、一瞬だけ広がり、口元から首筋にかけての火傷にもかかった。

悪しきものによって火傷を負う前、志貴は今のような赤髪ではなかったという。

志貴の異母兄たちも、同じように悪しきものに冒された。そして、生き残った志貴と違って、彼らはそのまま命を落とした。

「真緒、慰めにきたのならば、要らぬ心配だ。異母兄たちが死んだところで、悲しみなど芽生えるはずもない。行儀悪く、舌のひとつでも出してやりたいくらいだな。……強いて言うならば、その遺体に、ざまあみろ、と唾を吐いてやれなかったことが後悔だ。残念ながら、まともに人の形を遺さなかったらしい」

真緒は目を伏せた。

悪しきものによる死は、惨たらしい遺体となることが多い。

以前、真緒の生まれた神在――七伏の領地にて、教えてもらったことがある。

真緒の実父は、邪気祓いの最中に命を落とし、遺体はまともに人の形を保っていなかった、と。

(でも、志貴様は生き残った)

志貴は一命を取り留めて、彼の異母兄たちは即死した。

何が、その運命を分けたのか知らない。

だが、同じように《悪しきもの》に呑まれながらも、両者は決定的に違う道を辿ることになった。

「志貴様は、悲しみはないって言いますけれど。お異母兄様たちに、情がないわけではありませんよね？　憎しみだって、情のひとつですから」

どれほど嫌っていても、厭っていても、志貴の人生に深く関わってきた人々だ。

「憎しみ、か」

志貴は前髪をかきあげて、ぽつり、とつぶやく。

「それが優しい気持ちではなかったとしても。憎しみだったとしても、ずっと情を向けてきた人たちが亡くなったことに、何も感じないわけではないでしょう？」

少なくとも、真緒は知っている。志貴には、亡くなった親友を想う心も、幼い頃から優しくしてくれた叔母を慕う心もあったことを。

苛烈な面もあるが、決してそれだけの人ではない。

「死んでくれ、と何度も思っていた。向こうも同じはずだ。だが、いざ、呆気なく死なれてしまうと、憎悪の行き場がない。どうせ死ぬならば、俺の手で殺してやりたかったのかもしれない」

「《悪しきもの》ではなく？」

志貴の異母兄たちの死に、志貴の意思が介入することはなかった。

「そうだな。きっと、一瞬だった。一瞬のうちに、炎に呑まれたのだろう。どうして、俺だけ生き残ったと思う？　同じ状況だったというのに」

「志貴様は、生きたい、と思っていたから」

「気持ちの問題か？　向こうだって、生きたい、と思っていただろうよ」

「志貴様には、親友の遺した言葉もあったでしょう？　八塚螟様」


――末の皇子が、帝を殺して即位する。


未来視の神在、八塚。

そこに生まれた男は、志貴の親友だったという。彼はすでに亡くなっているが、火傷を負った志貴に、ひとつの未来視を遺していた。

その未来視は、おそらく志貴を生かすためのものだった。

瀕死の火傷を負った志貴を鼓舞し、生きる気力を取り戻させるための言葉だ。

「螟は、そういう可愛げのある男ではなかったが。そもそも、死んだ男の気持ちなど、確かめようがない」

「確かめることはできません。でも、そう思うことは、ダメですか？　そんな風に思ってもらえるくらい、志貴様たちは親しい仲だった。特別だった、と」

志貴の友人として、真緒はそう信じたかった。生前の八塚螟と会ったことはないが、その人が、志貴を想い、志貴のために心を砕いていた、と思いたい。

志貴は長椅子から立ちあがると、真緒の正面まで歩いてきた。

「お前の綺麗事は、聞いていると苛々する。たぶん、俺が、そんな風に思いたくとも、思えないからだろうな。……だから、お前はそれで良い。そんな風に、俺にはできないことを、ずっと言ってくれ」

志貴は、暗がりで揺れる炎のような目を、仕方ないな、とでも言うように細める。

「はい。あなたの友人として、ずっと綺麗なことを言います。終也を呼んでも、良いですか？」

「好きにしろ」

真緒は、入り口に立っている終也を振り返った。手招きすると、終也は早足で室内に入ってくる。

「志貴様、近いです」

終也は、開口一番、そう言って、真緒の身体を抱き寄せる。まるで、志貴から距離を空けるように。

「嫉妬深い男は嫌われるぞ？」

「余計なお世話です。僕と真緒は仲良しなので」

「言われずとも知っている。……お前の妻に、気を遣わせてしまったな。くだらない感傷は終わりにする。未来のことを考えなくては」

志貴は背筋を伸ばして、気持ちを切り替えるように、一度、手を叩く。

「未来といっても。志貴様の上にいらっしゃる皇子たちが亡くなったのですよ。あなたは、いちばん帝位に近い場所に舞い戻ります。あなたにとって、それで終わりでしょう?」

「たしかに、生き残っている皇子は、俺だけになった。異母姉(あね)たちはいるが、よっぽどの例外を除けば、女は帝位につかない。異母姉たちが生んだ子も、たいてい終也のように、神在の血が混じっているしな」

帝位につくのは、神在の血を引かぬ皇子だ。すなわち、神の血が混じっていない、神無(かみなし)の皇子である。

そういう意味で、志貴は火傷を負う前、帝位にいちばん近い皇子だった。

「俺が生き残ったから、俺が帝になる。そんな単純な話ならば、どれほど良かったのか。——異母兄たちが死んだというのに、帝は黙したままだ。何をお考えなのかも分からない。それどころか、そもそも生きているのか怪しいだろう?」

「帝は、療養中、でしたよね?」

宮中でも、限られた人間しか面会できないらしいが、病に臥(ふ)せっているだけで、まだ生きてはいるはずだ。

「表に姿を見せない以上、生死だって分かったものではない。帝の側仕えたちが共謀して、その死を隠している可能性だってあるだろう？　本当は亡くなっているのに、さも生きているかのように装っているのではないか？」

志貴はくすくすと喉を震わせるように笑った。

ここにいる三人どころか、宮中に仕える大半の人間が、昨年の神迎のときから、帝の姿を見ていない。

生きているのか、死んでいるのか、誰も確かめることができずにいる。

「もし、帝が亡くなっているとして、何のために隠す必要があるのですか？　むしろ、その理屈では、志貴様こそ怪しくなるでしょう。あなたには、帝を殺す、という未来視があるのですから」

八塚螟の遺した未来視のとおり、志貴が帝を殺したのではないか。

志貴は心底嫌そうに眉をひそめた。

「疑うのは結構だが、本当にそうならば、もっと上手くやる。ろくに地盤も整っていないなか、穢れている俺が、なし崩しに即位するのは分が悪い。一ノ瀬あたりに嬲られるのは御免だな」

まだ、根回しが終わっていない、と志貴は言い捨てた。

緊迫した空気を遮るよう、真緒は手を挙げた。

「待って。帝が亡くなったかどうか、まだ分からないんですよね？」

表舞台に姿を現さないから、不信感が募っているだけだ。本当に、体調が戻らず、療養を続けていることも考えられる。

情報が揃っていない状態で、憶測だけで決めつけるべきではない。

「志貴様。帝とは、お会いできませんか？」

「無理だな。そもそも、側仕えの連中は、俺の言うことなど聞き入れない。そうなると、あとは……」

「やっぱり、恭司様？」

「《天涯島》まで、恭司を探しにいかれるのですね」

志貴は、やはり六久野の領地だった場所に向かうつもりなのだ。

「あのあたりで消息を絶ったならば、間違いなく、天涯島に用があるはずだ。あの島は、帝が六久野を亡ぼしたとき、土地を焼かれて、領民も散り散りになった。六番目の神とて、此の国を去った。……どうして、恭司は天涯島に行った？」

「墓参りではありませんか？　あの土地には、殺された六久野の同胞が眠っているのですから。恭司は、ああ見えて、同胞に対しての情は深いのです」

「情が深いことは知っている。羽衣姫に対しても、帝に対しても。ただ、墓参りなど、できるはずないだろう。天涯島は禁足地だ。六久野が亡びたとき、何人たりとも立ち入れぬ土地になった。あの土地で生まれた恭司も同じだ」

「禁足地。恭司は、その禁を破ってでも、天涯島に行かねばならぬ理由があったのだ。

「志貴様。わたしたち、恭司様に会いに行こうと思うんです」

志貴は顔をしかめる。

「また、お得意の我儘か。それに終也や十織家を巻き込むのは、どうなんだ？　言っておくが、お前の行動は、そのまま十織の責任になるからな」

たとえ、真緒が余所から嫁いできた身だとしても、外の者たちにとっては関係ない。

当主の妻である以上、真緒も十織の人間と看做される。

「はい。心配してくれて、ありがとうございます」

「心配などしていない。ただの忠告だ。終也は、こんな女を妻に迎えて、さぞかし苦労しているのだろうな。同情する」

「苦労などしていませんし、あなたの同情も要りません。きっかけは真緒の言葉ですが、恭司に会うのは、僕の意志ですよ。何か取り返しのつかないことになる前に、いま何が起きているのか、僕は知らなくてはいけません」

「なるほど、覚悟は決まっているわけか。ならば、一緒に来るか？　お前が来てくれるのならば安心だからな」

「……護衛のようなことを期待されているのならば、お役には立てませんよ。荒事は得意ではありません」

「だが、腐っても先祖返りだろう。それに、十織は魔除けの家だからな、お守りにはちょうど良い」

「威月様には、協力を頼めないのですか？　僕ひとりでは心許ないでしょう。それに、何かあったとき、僕は真緒を優先しますよ」

二上威月は、護衛として、志貴を花絲まで送り届けた。このまま同行してもらうことはできないのか。

「威月は、帝都に向かわせた。帝が正気で、いまも宮中で生きているのならば、威月の来訪を無下にはしない。穂乃花様のことがあるからな」

二上威月の妻は、立場としては、今上帝の妹にあたった。先日、彼女は亡くなったが、帝から特別に目を掛けられていた人だ。

「ついでに、一ノ瀬に釘を刺してもらっては？」

一ノ瀬。たしか、《大禍》を封じる神在のひとつであり、自らの領地を持ちながらも、軍部にも幅を利かせている神在だ。

時に、彼らは、宮中の権力闘争にも首を突っ込んでくるという。

「もちろん、威月には一ノ瀬のことも頼んである。あちらも出方を窺っているところだろうが、いま宮中で、余計な動きをされても困るからな。……本当に、《天涯島》まで、真緒も連れてゆくのか？」

「花絲に残ってほしいです。でも、僕はとても弱いので、真緒が一緒にいてくれることで、恭司と会う勇気が出るのかもしれません。恭司が、皇子殺しの罪を犯していても、犯していなくとも受け入れることができます」

「惚れた女がいないと、そんな勇気すら出ないのか。まあ、良い、好きにしろ。ただ、真緒のことを優先するのは結構だが、一緒に来るならば、俺のことも少しは守ってくれよ？」

「分かりました。志貴様には、恩も売りたいですしね」

「恩。俺に？」

「次の帝が、神在にとって、今よりも良い相手とは限らないでしょう？」

「そうだな、今よりもマシになるというのは楽観的だろう。俺はともかく、外戚の連中にも、宮中にいる人間にも、神在を邪魔に思っている奴らはいる。だからこそ、帝が今まで神在に対して、強く出られた面もある」

今上帝の気持ちひとつで、神在に対してのあたりが強かったわけではない。

帝の周囲には、そのことに賛同する者たちも集まっていたのだ。あるいは、長きに渡る在位のなか、賛同する者たちしか残さなかったのかもしれない。

「志貴様。あなたが帝位につくならば、少なくとも十織に悪いようにはしない。そう信じても、よろしいですか？」

「俺が即位したあかつきには、ある程度の便宜を図れ、と。……お前、まったく俺のことなど信じていないだろうに、よく言う」

「志貴様のことは信じていません。でも、真緒は、あなたのことを信じています。だから、僕も、あなたに多少の期待はしたいと思います」

「では、期待に応えなくてはならないな。天涯島に向かう。恭司を捕まえれば、何かしら見えてくるだろうよ」

六久野恭司は、どのような目的を持って、天涯島に向かったのか。

そして、本当に宮中まで悪しきものを招いて、皇子たちを殺したのか。

◇◆◇◆◇

志貴との話を終えると、真緒はひとり、十織邸の廊下を歩いた。

「志津香……、綜志郎もいるの？」

志津香の私室を訪ねると、機織りをする志津香と、その横で寝そべりながら本を読んでいる綜志郎がいた。

二人は同じ室内にいながらも、それぞれに違うことをしていた。会話こそなかったものの、二人だけの空気が流れており、真緒は戸口で足を止めてしまった。

「義姉様、入らないの？」

志津香は機織りの手を止めて、小首を傾げる。

「遅くに、ごめんね。お仕事だった？」

真緒は慌てて、部屋の中に入った。

「いいえ。仕事ではなく、綜志郎の新しい羽織を仕立てるために織っていたの。自分で織れば良いものを、私に頼むなんて、どうなのかしら？　ねえ」

「機織りは、俺の仕事じゃねえから」

「義姉様は知らないでしょうけど、昔はね、綜志郎の方が上手だったのよ。もう織らなくなってしまったけれども」

「そうなの？」

そういえば、十織家の人間は、終也以外、機織りの技術を修めている。普段は糸の買い付けをしている綜志郎も、織ること自体はできるのだ。

「本当に上手だったのよ。でも、止めてしまったの。もしかしたら、私のために遠慮したのかしら？　双子は比べられるものね」

「はあ？　自惚れるなよ、お姉様。単純に織ることが好きじゃなかっただけ。性に合わねえんだよ、地道にコツコツってやつ」

「そうかしら？　あなたは、案外、慎重な人だから、少しずつ積み重ねることは得意だと思うけれども。もちろん、織りたくないのならば良いのよ、代わりに私が織るもの。兄様の代わりに、義姉様が織るように」

「うん。終也にできないことは、わたしがするから良いの」

終也の過去を思えば、無理に織らせたくない。十織の当主として、ふさわしくないならば、そこは真緒が埋めるだけだ。

当然、逆も同じだった。

真緒と終也は、二人合わせて完璧なのだから、互いに足りないところは、相手を信頼して、任せるだけだ。

「でも、それって、いつまでもできることじゃないだろ。兄貴は、義姉さんがいなくとも、一人で生きてゆけるようにならなくちゃダメだ。義姉さんは、いつか兄貴を置いてゆくんだから」

本のページを捲りながら、綜志郎は刃のように鋭い言葉を浴びせてきた。

真緒は、いつか終也のことを置いてゆく。

白牢を訪ねて、二上夫妻の在り方を見たときから、よりいっそう強く意識するようになったことだった。

真緒とて、神在の系譜に連なる者だが、先祖返りである終也とは違う。彼ほど色濃く、神の血を継いでいるわけではなかった。

痛ましそうに、志津香は目を伏せた。

兄と違って、神よりも人間に近く生まれたからこそ、志津香には思うところがあるのだろう。

「兄様は、十織の当主よ。だから、当主として、お家のことを一番に考えるべきでしょう。でも、それで良いのかしら？　と、この頃は思ってしまうの。兄様は、きっと長く生きる。

母様も、私や綜志郎も……義姉様も、きっと兄様を置いてゆく」

「それでも、兄貴には十織にいてほしい。昔と違って、いまの俺たちは、そう願っている。兄貴には、人の世に留まって十織を守ってほしい。そうしたら、十織だって、兄貴のことを守ってやれるだろう？」

「兄様は先祖返りだから、私たちよりもずっと頑丈で、ずっと強い身体（からだ）を持っている。でも、その心は？　これから、長く生きなければならない兄様の心を、どうしたら、慰められるのかしら？」

真緒は潤んだ瞳を隠すよう、うつむいた。

真緒が嫁（とつ）いだ頃、この双子は、終也との距離を測りかねて、遠巻きにしていた。そんな彼らが、終也のことを想い、終也の進む道を案じてくれている。

（やっぱり、終也には、ぜんぶ必要だよ。何ひとつ捨ててほしくないよ）

真緒だけではなく、たくさんのものが、終也の生きる道に寄り添ってほしい。そうすることで、きっと、終也は孤独にならずにいられる。

「たくさん。たくさん遺（のこ）してあげたいの。終也は要らないって言うけれど、本当は、終也にとって大事なものを」

終也が、長い時間を生きてゆくならば、その道に寄り添うものを遺してあげたい。

もう二度と、寒くて、痛くて、心が凍えるような日々を、味わわせたくない。真緒が生きている間だけではなく、真緒が死んだ後も、ずっと幸福であってほしい。

「わたし、終也には何ひとつ捨ててほしくない。ぜんぶ大事に抱えたまま、長く、幸福に生きてほしい。わたしの我儘だけど」

いつか置いてゆく身で、そう願うのは傲慢だろうか。

それでも、暗がりで美しい糸を見たときから、真緒は一途に、あの人のことを一番に想っているのだ。

真緒は顔をあげて、まっすぐ双子を見据える。

「恭司様に、会いに行きたいの。終也と一緒に」

いま、六久野恭司は、皇子殺しの大罪人として追われている。

そのうえ、帝の生死さえも疑わしい。この状況下で、渦中にいる男を探しに行くことの危険は分かっている。

分かっていても、どうしても、真緒は諦めることができない。

六久野恭司は、終也が人の世で生きてゆくために必要な男だった。

真緒は、恭司が罪を犯したと思っていないが、もし本当に罪を犯していたとしても、本人の口から聞くべきだと思っている。

このまま二度と会わずにいたら、いつまでも終也は苦しむ。

志津香と綜志郎は、仕方ない、とでも言うように頬を緩める。顔は似ていなくとも、表情は鏡うつしのように同じだった。

「良いんじゃねえの。義姉さんの我儘なんて、兄貴、大好きだろうから」

「義姉様が、兄様のことを想って、そうするべきだと言うのなら受け入れるわ。家族だもの、家族の幸福を願って、何が悪いの？」

「そ。まあ、家のことは志津香に任せておけ」

「あなたもいるでしょう？　綜志郎」

「俺のことは、あてにするんじゃねえよ。お姉様はいつまでたっても、弟離れできなくて心配だな」

「姉離れできないのは、そちらも同じでしょう」

「離れる必要があるの？　わたし、志津香と綜志郎が一緒にいるところを見るのが好きだから、いつまでも仲良しでいてくれると嬉しいの」

誰も立ち入ることのできない、二人だけの世界がある双子だ。

真緒は、二人の間に、割って入りたいとは思わない。ただ、義姉として、二人のことを見守っていたかった。

「あーあ、俺、義姉さんのそういうところ嫌い」

「え」

「むず痒いんだよ。親戚の連中なんかは、いつまでも一緒にいるのは、いかがなものか、なんて言うんだぜ？　年頃になってから、うるさいのなんのって。なのに、義姉さんは俺たちを肯定するのかよ」

「一緒にいたいのなら、一緒にいたら良いと思う。その方が、二人とも幸せだよね？　二人が一緒にいたいのなら、わたしも協力する」

無理に一緒にいるのではなく、互いが望んで、互いの隣に在る。ならば、真緒にできることは、彼らの在り方を応援することだけだ。

十織の人々は、真緒にとっても大事な家族だ。

志津香の言うとおり、家族の幸福を願って、何が悪いのか。

「そうやって、末の皇子様のことも誑かしたわけ？」

「綜志郎」

咎めるように、志津香は弟の名を呼ぶ。

「義姉さん、兄貴が大事だって言うなら、ずっと兄貴にそれを伝え続けろよ。移り気なんてしてみろ、あの人、相手の男を殺して、あんたを二度と外に出さねえぞ」

「わたしの一番は、ずっと終也だよ。これからも永遠に」

真緒のいちばん根っこにいる人で、真緒がいちばん幸せにしたい人だ。

十織の家族にも、友人である志貴にも、もちろん情はある。だが、やはり真緒のいちばんが終也であることは、この先も揺らぐことはない。

「じゃあ、義姉さんは何が起きたとしても、必ず兄貴のことを選べ。兄貴のためだけに行動しろ」

「もちろん」

綜志郎の声は、決して大きなものではなかったが、有無を言わさぬ迫力があった。

真緒は居住まいを正して、何度も頷く。

「義姉様。これは照れ隠しなのよ、いちおう」

「終也への？」

「そう。兄様への」

綜志郎は、ばつが悪そうに視線を逸らした。

「ありがと。終也と一緒に、ちゃんと帰ってくるから、この家で待っていてくれる？」

双子は、互いに顔を見合わせてから、そっくりの笑顔を浮かべた。

◇◆◇◆◇

人も獣も、ようやく目を覚ます朝方のことだった。

終也が私室で文を書いていると、綜志郎が訪ねてきた。足音からして、彼であることは分かっていたものの、不思議に思う。

「珍しいですね。君が、僕のところに来るなど」

決して、険悪な仲ではない。真緒が嫁いだ頃にあった距離も、今は少しずつ縮まっており、家のことで互いに力を合わせるときもある。

ただ、このような早朝から、用もなく会話する兄弟ではなかった。

「六久野恭司を探しに行くんだろ」

終也は文を書いていた手を止めて、机上に万年筆を戻した。

恭司とは違う、学舎に通っていた頃の同窓生に宛てた文ではあるが、内容が内容なので、さすがに会話しながら書くことはできなかった。

先代である父が亡くなるまで、終也は帝都の学舎に通っていた。

父が死んで、花絲に戻らざるを得なかった終也は、同窓生たちと共に卒業することはできなかったが、まだ繋がりは持っている。

(皆、優秀な人たちでしたからね)

同じ学舎で学んでいた者たちは、無事に卒業して、中には、宮中や、あの場所に関連する職についた人間もいる。

その者たちも、いま宮中で何が起きているのか把握してはいないだろう。

それでも、今のうちに根回しをしておきたかった。どんな事実が明るみに出たとしても、どのような状況になったとしても、選ぶことのできる道が多いように。

「先に、真緒から聞きましたか？　いま何が起きているのか知るために、恭司には会うべきだと思います。……それに、こんな状況になる前から、恭司には聞きたいことがありましたから」

「それって、父様の死について？」

亡くなった終也の父――十織の先代は、本当に、事故死だったのか。

先代の友人でもあった二上威月の発言をきっかけに、先代の死に対して、とある疑念が浮上した。

不幸な事故ではなく、悪意をもった誰かに殺されたのではないか。

尤も、綜志郎は、以前から、その可能性に思い至っていたようだが。

「恭司は、各地を回っていただけあって、いろいろな伝手を持っていました。当時、きな臭い話があったならば、おそらく知っているはずです」

帝の命により、人生の大半、あちらこちらに遣わされていた男なのだ。終也たちの知らない様々な情報が、彼の頭には詰まっている。

「六久野恭司は、いま罪人として追われる身だ。兄貴たちのことを止めるつもりはねえけど、大丈夫なのか？」

終也は、神在の当主としても、花絲の領主としても、この判断が完璧なもの、と言うことはできなかった。

十織家や花絲を、危険に晒すことになるかもしれない。

だが、そのことを自覚しながらも、恭司のもとに行くべきだと感じた。

真緒の言葉はきっかけに過ぎない。

（このまま静観しているべき、というのも正しいのでしょう。波風を立てず、嵐が過ぎ去ることを待てば良い。けれども、何か取り返しのつかないことが起きたら？　何も知らずにいたら、何も守ることはできないかもしれない）

「君たちには迷惑をかけないように、とは思っています」

綜志郎は目をつりあげる。

「阿呆か。迷惑かけるに決まっているんだから、迷惑かけるから頼む、って言えよ。俺たち、家族なんだろ？　義姉さんがそう言うなら」

「僕のことも、家族に入れてくださるのですか？」

「悪いかよ。昔はともかく、今はそう思っているよ」

「悪くありません。君がそう思ってくれるようになったのは、真緒のおかげでしょうかね？　……綜志郎。僕に何かあったとき、十織を頼みます」

終也は、必ず十織に戻ってくるつもりだが、未来のことは分からない。終也の身に何かあったとき、新しい主となるならば、綜志郎しかいない。

「俺に当主をしろって？　嫌だね。子どもの頃は、あんたに何かあったときの代わりだって、そのための弟なんだって、思っていた時期もあるけどさ。正直、荷が重いし、俺じゃあ務まらない」

「僕は、そうは思いませんよ。君には志津香もいますからね」

この子たちは、終也と違って、生まれたときから半身を得ていた。真緒と出逢ってから、はじめて終也が知ったことを、ずっと前から知っているのだ。

愛することも、愛されることも、ともに生まれ育った片割れから教わっている。

だから、二人については何も心配していなかった。

「でも、俺は志津香に、そんな重荷は背負わせたくない。当主なんて外れくじ、兄貴だけで十分だろ？」

「君たちは、いつもお互いのことばかりですね」

終也は喉（のど）を震わせるよう、くすり、と笑った。

三・

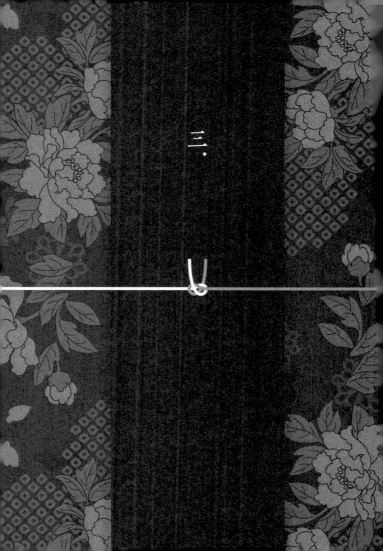

京(みやこ)発の鉄道列車は、早朝から、がたん、がたん、と走る。

六久野(むくの)が治めていた《天涯島(てんがいじま)》に向かうためには、まずは、京と帝都の間に位置する、海沿いの町まで行く必要があるらしい。

幸いなことに、町の近くまでは列車が通っているらしい。天涯島までも、二日もあれば到着するとのことだった。

（天涯島ってことは、きっと海に浮かんでいるんだよね？）

海沿いの町から、船に乗って、天涯島まで向かうのか。

しかし、禁足地と言うからにして、簡単に天涯島に上陸できるとも思えない。

無論、真緒(まお)が抱くような心配は、志貴(しき)も織り込み済みだろうから、何かしらの手段はあるのだろうが。

「志貴様、大丈夫かな？　すごく疲れているみたい」

いろいろ聞きたいことはあったが、当の志貴は、列車に乗って早々、二室おさえた客室の片方に籠(こ)もってしまった。

「無理もありません。そもそも、長らく療養していらっしゃったのですから」

ようやく療養を終えて、帝都に戻ろうとした矢先に、今回の件が起きてしまったのだ。肉体的な疲労だけでなく、心労も重なっている。

そして、心身ともに疲弊(ひへい)している人は、志貴だけではなかった。

「ねえ、終也(しゅうや)。隣に座ってもいい？」

列車の客室は、テーブルを挟んで、向かい合うように長椅子(ながいす)が置かれている。真緒と終也は、それぞれ別の長椅子に座っていた。

「……？　どうぞ」

真緒は立ちあがって、終也の隣に腰かける。そうして、甘えるように、彼の肩に頭を預けた。自分の熱が、少しでも彼に伝わるように。

「《神迎(かみむかえ)》のために、帝都に行ったときのことを思い出すね」

あのときも、終也と二人、列車に揺られていた。

「そうですね。今回は途中下車することになりますが、同じ帝都行の列車ですから、なおのこと。こんな事態でなければ、この春は、君と帝都まで行きたかったのです」

「そうなの？」

「君が嫁(とつ)いだ頃に、言ったでしょう？　春の帝都は、薄紅に染まる、と。桜が綺麗(きれい)なんですよ。君と一緒に歩けたら良い、と思っていました」

たしかに、嫁いだ頃、春になったら帝都に行く、という話をした。

ただ、そのときは帝都に行くことができる状態ではなく、《神迎》のため向かったときも桜の季節ではなかった。

「それなら、来年の春、一緒に行ってくれる？」

「ええ、来年の春には必ず。君にも見せてあげたいのです、帝都の春を。そして、君が、あの土地のことも気に入ってくれたら嬉しい。通っていた古書店にも行きたいですし、学舎のことも、あらためて案内したいですね」

ともに帝都を歩いた記憶が、鮮やかによみがえる。

二人で楽しい時間を過ごすことができたものの、終也の学舎にいるとき、《悪しきもの》の顕れに巻き込まれてしまった。

「ねえ。あの後、学舎は大丈夫だったの？」

悪しきものにより、学舎にあった建物の一部が倒壊し、下敷きになった終也は重傷を負った。怪我をした終也を守るために、真緒はそのまま七伏の領地に向かったので、その後のことは分からなかった。

「倒壊した建物は、一から建て直しが必要だったみたいです。ただ、あの後は、特に被害もなかったそうですよ。評判に疵はついたかもしれませんが、邪気祓いは終わっていますから、いずれは回復するでしょう」

「そうなんだ。恭司様から、教えてもらっていたの？」

「いいえ。学舎には、恭司とは別の友人が残っているので、その筋から教えてもらったのです。卒業後、講師として勤めているんです」

　ふと、真緒は想像してしまった。

　何事もなく学舎を卒業していたら、終也にも、そのような未来があったのだろうか。

　終也の口から聞いたことはないが、おそらく、彼は最後まで学舎にいることができなかった。他の者たちのように、学を修めて、卒業することはできなかったはずだ。

　帝都にいた終也は、先代の死により、花絲（はないと）に呼び戻されたのだから。

「先代様が亡くなったとき、終也は、もっと学舎にいたかった？」

「惜しむ気持ちがなかった、とは言いません。でも、あのまま帝都にいたら、君とは会えなかったでしょう？　つらく苦しいことも、悲しいことも、寂しかったことも消えない。でも、君に会えたから良いのですよ」

　終也はそう言って、真緒の肩を抱く。大きな手に導かれるように、真緒はいっそう、隣にいる彼に身を委（ゆだ）ねる。

「君は、僕の過去も捨てたくない、と言ってくれましたね。だから、僕だって、過去を大事にしたいと思います。ぜんぶ繋（つな）がっているのでしょう？　切り捨てられるものではないのだ、と」

「うん。だから、恭司様に会わないと」

終也が帝都で過ごしていたとき、傍らには恭司の姿もあったはずだ。

「ええ。恭司が《天涯島》にいてくれることを祈ります」

「天涯島って、どんなところなのか、恭司様から聞いたことはある？」

「いいえ。今思うと、恭司は語りたくなかったのかもしれませんね。いまも故郷を愛しているからこそ、口に出すことができなかった」

故郷を思えば思うほど、すでに失われてしまったことを、より強く思い知らされる。だからこそ、恭司は口を閉ざして、生まれ育った土地のことを、心に秘め続けたのかもしれない。

「恭司様は、ずっと天涯島に帰っていなかった？　禁足地だから」

「六久野が亡びた日から、恭司は一度たりとも、帰ったことはないのだと思いますよ。こんなときになるまで」

故郷を失い、帝のもとに仕えることになった恭司は、あちらこちらに遣わされた。拠点という意味では、帝都があったかもしれないが、恭司にとって、本当の意味で帰る場所ではなかっただろう。

「恭司様は、ずっと苦しんでいたのかな。わたしたちよりも、長く生きているから」

外見は若々しくとも、実年齢は、ずいぶん上だったはずだ。友人である終也とて、親子以上に年齢差があるという。

年齢だけを見るならば、終也よりも、帝の方がよほど近しい。

故に、真緒にはずっと不思議なことがあった。

「ねえ、聞いても良い？　恭司様は、どうして学舎にいたの？」

恭司は、終也だけでなく、学舎に通っていたすべての人々にとっても、かなり年齢が上になる。

いくつになっても、学ぶことは許される。

しかし、恭司の立場を思えば、かなり難しいことだったはずだ。六久野の生き残りとして、複雑な立場にあったのだから、学舎に通う自由などあるとは思えない。

「帝の計らいだった、とは聞いています」

真緒は目を丸くした。他ならぬ帝が許したから、学舎に通うことができたのか。

「帝は、どうして、そんなことをしたの？」

「さあ？　恭司には不要なことでしたから」

恭司の役目は、帝の勅使(ちょくし)のようなものだ。ずっと此(こ)の国を飛び回っていた彼を、わざわざ学舎に通わせる必要はない。

「帝は、恭司様のことが、お気に入り、なんだよね？　なら、恭司様の望みだったのかな？　学舎に通うことが」

「望んで学舎にいたとは、とても思えませんでしたけどね。……出逢った頃、僕はあの人のことが嫌いでした」

「そうなの？」

「僕とは違って、あの人は厳しい境遇にありながらも、決して卑屈にはならない。いつも、自分の足で立っていた。そういうところが羨ましくて、妬ましかったんです」

　今ならば、それは歳を重ねたが故の諦念だった、と分かります、と終也は言う。

　当時、まだ少年であった終也は、恭司の諦念を汲み取れるほど成熟していなかった。故に、反発心を抱いてしまったのだという。

「恭司は、良い男でしょう？　揺らぐことのない強さを持っている人だから、その強さが、外見にも滲んでいるのです。帝都が薄紅に染まりゆく頃、恭司と出逢いました。桜の下にいた、あの人は美しくて。僕は、とても惨めになったことを憶えています。恭司が、何でも持っているように見えたのです」

「そのときは、恭司様のことを何も知らなかったから？」

「その人には、その人の痛みが、苦しみがある。そんなことさえも、あのときの僕は想像できませんでした。自分の痛みや苦しみで、いっぱいだった。……そんな僕を、恭司も嫌っていたと思います。あの人には、僕こそ、何もかも持っているように映っていたそうですよ。僕は何も喪っていない、と」

真緒は目を伏せる。

子どもの頃、六久野恭司はすべてを失った。故郷も、守ってくれる者たちも、その背にあった翼も、彼のもとには残らなかった。

恋しい娘も、帝の――故郷を亡ぼした仇の妃となり、恭司自身も囚われた。

(その羽衣姫様も、もう)

二十年ほど前、腹の赤子ごと亡くなってしまった。帝にとって、最後の子となるはずだった皇子を道連れに、死出の旅に向かった。

「もしかしたら、恭司様に残っていたものは、帝だけだったのかな」

終也は痛みを堪えるように、深く、息をつく。

「僕は、恭司が帝に向ける想いを理解することができません。何もかも奪われて、それでも帝の傍に在り続けた、あの男の気持ちが。今だって、そうです。皇子殺しの大罪人として追われていながらも、きっと、恭司は帝のために動いている」

「どうして、そう思うの？」

「あの男は、何よりも帝を優先します。そうやって生きていたことを、友人としての僕は知っています。……志貴様は疑っているようですが、帝は、まだご存命でしょう。ただ、危険な状態にあるのだと思います」

「もうすぐ、亡くなってしまう？」

「はい。だからこそ、恭司は何かを焦っているのではないでしょうか？」

その何かは分からない。だが、かつての六久野の領地——天涯島に向かえば、自ずと分かる気がした。

◇◆◇◆◇

帝都は春爛漫(らんまん)、花も虫も目覚める、あたたかな季節を迎えていた。

しかし、宮中の空気は、帝都全体と相反するよう、陰鬱(いんうつ)としたものだった。

悪(あ)しきものにより、皇子たちが立て続けに亡くなったせいか。はたまた、体調を崩した帝が、昨秋の神迎から表に姿を見せていないせいか。

宮中の廊下(ろうか)を、二上威月(ふたがみいづき)は風を切るように歩く。

白い狼の耳を隠すよう帽子を被(かぶ)っても、ひどく目立ってしまう。

特に、いまも宮中にいる者たちは、自らの進退を見極めるために、神経質になっている。余所者に対しての警戒心も人一倍で、いくつもの探るようなまなざしを感じた。

向けられる視線が気になるほど幼くはないが、居心地の良いものではなかった。

普段は《白牢》に籠もっているので、なおのこと。

（志貴様は、無事、天涯島に向かわれただろうか？）

花絲に送り届けた、皇子のことを思う。本来ならば、護衛として天涯島にまで付き添いたかったが、そうはいかない事情があった。

いまの宮中は、おそらく嵐の前の静けさだ。

宮中に《悪しきもの》が顕れたことも、それにより志貴以外の皇子たちが亡くなったことも、すべて始まりに過ぎない。

大きな嵐がくるはずだ。その嵐を止めるために、あるいは上手く乗り切るために、威月にしかできないことをしなくてはならない。

「二上の？」

向かいから歩いてきた軍服の男に、わずかに威月は眉をひそめる。

「一ノ瀬の」

食えない笑みを浮かべる男は、真っ黒な詰襟の装いに、立派な軍刀を佩いていた。

軍刀の束にあしらわれた鯉の文様が、いやに目につく。

鯉、あるいは龍は、一番様の姿を連想させるものだ。その血を引く者たちにとって、絶対的な守り神であり、仕えるべき軍神でもあった。

「珍しい。二上の当主が、《神迎》以外で、帝都に顔を出すなど。そもそも、ここ数年、神迎にさえ代理を立てていたではないか？　我が一族と同じように」

一ノ瀬の当主代理は、何もかも分かったような顔をしていた。

威月が宮中を訪れることも、あらかじめ知っていたのだろう。

帝都以外に領地を持ちながらも、帝都の中枢に食い込む軍部にも幅を利かせる一族なのだ。彼らは、特に帝都において、鼠一匹逃さぬ情報網を持っていた。

二上のように、領地に籠もり、ひたすら役目を全うしていれば良いものを、表舞台に出てくるのだから、一ノ瀬は手に負えない。

同じく《大禍》を封じる一族ではあるが、やはり相容れない相手だった。

志貴からは、一ノ瀬が余計な動きをしないよう、釘を刺すことを頼まれたが、果たして一ノ瀬は何を考えているのか。

「妻が亡くなりました。帝には、たいそう良くしていただいたので、礼をするために馳せ参じた次第です。最期の言葉も、お伝えしなくてはならない」

嘘ではない。威月の妻は、帝の妹として、帝に対しても言葉を遺していた。

「文では足りぬのか？　お前たちのような引き籠もりが、わざわざ帝都まで足を運ぶ理由になるとは思えない。捨て置かれた皇女ひとり、亡くなったところで大した話ではないだろう？」

「年長者には敬意を払いたいところですが、妻を侮辱するならば受けて立ちましょう」

一ノ瀬の当主代理は、見た目だけならば二十代の後半といったところだが、実年齢は威月どころか、帝よりも年上である。

「雪山の犬畜生に、妻の名誉を気にするような教養があるのか？」

「生け簀の魚風情は、ご存じありませんか？　犬畜生は、そちらが思うよりも、ずっと愛情深い生き物だ、と」

威月は表情を変えず、淡々と返事をする。

「喧嘩を売ったつもりはなかったのだが、機嫌を損ねてしまったか？　久しぶりに会えて、つい興が乗ってしまった。許せ」

「白々しい。どうせ、こちらが宮中に参ることも知っていたのでしょう」

わざわざ、威月の前に顔を出したことに意味がある。少なくとも、彼のような軍部でも上層にいる者が、偶然、威月と鉢合わせになるはずがない。

「俺も、このような損な役割は引き受けたくなかったのだが、命じられてしまえば、否やは言えぬ。領地ならばともかく、ここは帝の庭だからな」

「……何の話ですか」

「察しが悪いな。帝が、お待ちだ、と申している。──ああ、まともな会話は期待するなよ？ ご乱心だからな」

「ご乱心？」

「いよいよ、老いには勝てなくなったのか。それなりに話の分かる御仁だったというのに、ついに耄碌したらしい」

「そのような物言いをされるのは、いかがなものでしょうか」

帝がおわす宮中で、帝のことを貶めるべきではない。

「では、六久野の者たちに、今もなお毒されている、とでも言おうか？ あの御方は、六久野が絡むと、いつも心を乱されるからな。そのくせ、羽衣姫のことも、恭司のことも手放さなかったのだから愚かしい」

「口を閉じた方がよろしいのでは？ 誰に聞かれるか、分かったものではありません」

「誰に聞かれたところで、さして問題はない。どうせ、遠くないうちに、帝は命尽きる。……次の帝は、もう志貴様しかおらぬと思っていたのだが。ここにきて、帝は何の夢を見たのか。お前が衝撃を受ける前に、先に伝えておこうか？」

　一ノ瀬の当主代理は、それは面白そうに唇をつりあげた。

「帝は、自らの後継として、死者を選ぶらしい」

　威月は眉をひそめる。しかし、この後、帝のもとに参ったことで、その言葉の意味を理解する。

（志貴様。俺たちが思うよりも、事態は厄介なのかもしれません）

　あらかじめ、志貴と示し合わせていた海沿いの町――天涯島への道中にある町まで、威月は文を飛ばした。

◇◆◇◆◇

　真緒たちが列車を降りたとき、あたりは薄暗くなっていた。別の客室にいた志貴と合流し、そのまま天涯島近くにある海沿いの町まで向かう。

　夜の移動を避けるため、町で一泊しようとしたとき、その報は齎された。

帝都にいる二上威月から、志貴宛てに文が届いたのだ。

急ぎ届けられた文には、よほど衝撃的なことが書かれていたのだろう。志貴は文を読み終えると、くしゃり、と掌で握りつぶしてしまった。

「良い報せと、悪い報せがある。帝には、無事に会うことができたらしい。つまり、帝は、ご存命だ」

「それが、良い報せですか？」

「そうだな。そして、悪夢のような報せも届いた」

志貴は苦々しげに吐き捨てる。

「帝は、羽衣姫の子を、次の帝に望んでいるそうだ」

真緒は息を呑んだ。

羽衣姫。亡びてしまった、六久野の姫君。

その腹にいた子は、彼女とともに亡くなったはずだ。

◇◆◇◆◇

ざあ、ざあ、と波の音が響く。

真緒の目には、霞に覆われた島が映っていた。

「かつて、六久野の領地は《天涯島》と呼ばれていた」

一歩先を行く志貴は、真緒たちを振り返った。

「天涯って、どんな意味？」

「空の果て、という意味ですよ。空の端、と言っても良いでしょうか？　この島は、地上において、もっとも空に近い、空の端に在る島。そんな風に、六久野は思っていたのかもしれません」

「終也の言うとおりだね」

霞がかった島は、まるで、小高い山がそのまま海に浮かんでいるようだった。天の果て、あるいは天の端にある島と呼ぶに、ふさわしい姿だ。

「禁足地というわりに、見張りなどはいませんでしたね」

あたりに人気はない。立ち寄った海沿いの町でも、あからさまな余所者だというのに、引き止められることはなかった。

「いつもならば、軍部の人間がいる。いないということは、帝が下がらせた、ということだろう。おそらく、恭司を《天涯島》に向かわせるために」

「やはり、恭司は帝の命で動いている、ということですね」

「帝に命じられているならば、どうして大罪人あつかいなのか、とは思うが。あの二人が共謀していることは確からしい」

　海を眺めながら、真緒は険しい顔になる。

「どうやって、天涯島に向かうの？」

　真緒は思わず、独り言のようにつぶやく。浜辺には船着き場もなく、海を渡り、島へと上陸する手段が思いつかなかった。

「天涯島は特殊でな。ある条件を満たしたときだけ、島への道ができる」

「まさか、その条件が分からない、とは仰りませんよね？」

「威月から教えられている。威月は、六久野が亡びる前のことも知っているからな。当時は、べつに秘密でも何でもなかった。今とて、このあたりに暮らしている人間は知っていることだ。そろそろ始まる」

　しばらくもしないうちに、志貴の言葉の意味は分かった。

「海が、割れて」

まるで、海が割れるかのように、見る見るうちに潮が引く。

海面の高さが急速に下がって、天涯島までの道ができあがった。

六番目の神は、すでに此の国を去っている。しかしながら、その力は今もなお、此の土地に強い影響力を持っているのだ。

そうでなくては、このような光景、とても信じることができない。

「潮の満ち引きによって、本土と繋がる島なのですね」

「そうだ。だから、六久野の連中は亡ぼされたともいう。油断したんだ」

「……？　どういうことですか」

「干潮のときしか本土と繋がらないから、外敵から攻められにくい。そのうえ、六久野は翼を持っていた。……だから、油断した。自分たちを撃ち落とす外敵など、此の世にはいない、と。空から高みの見物をするだけで、何もかも見下していたのだろうよ。他の神在も、俺たち皇族のことも」

本土との繋がりは潮の満ち引きに左右される。加えて、六久野は翼を持っており、空を飛び回ることができた。

外敵などいるはずもない。

ことができる。

土地柄、天然の要塞めいたところもあり、かつ、たとえ攻められたとしても空に逃げる

いかようにでも対処できるというのが、六久野の考えだった。

だからこそ、不可解だった。

「帝は、どうやって、六久野を亡ぼしたの？」

「島民に金を握らせて、井戸水に毒を流した」

「毒？　でも」

果たして、六久野のように神の血を引く者たちが、ただの毒に冒されるのか。

「神在の毒ですか」

思い当たる節があったのか、終也は苦い顔をしていた。

「ご名答。少しばかり異質な《大禍》を封じている神在があってな、その大禍は特殊な毒になる。……時折、まるで誰かの不幸を願うかのように、毒は世に出回るんだ。その大禍を封じている神は気まぐれだから、退屈をまぎらわすよう、人の世を引っかき回すわけだ」

「退屈を、まぎらわす？」

今まで、少なくない犠牲があっただろうに、理不尽な動機だった。

「神とは、本来、とても理不尽なものですよ。そもそも、神が神として、はじめから役目を果たしてくださるのであれば、僕たち神在は、神を所有する必要などなかったのですから」

「でも、十番様は」

「十番様も同じですよ。機織に恋をしたから、十織に留まってくださるだけ。何の理由もなく守ってくださるわけではありません」

「なら、六番様は？　理由がなくなったから、此の国を去ったの？　そもそも、六番様は何の神様だったの？」

翼を持つ神だったという。それだけが真緒の知っている情報だった。

すでに亡びた神だから、誰も語らなかっただけなのか。

それとも、誰も知らなかったから、語ることができなかったのか。

「終也。六久野が何をしていたのか、知っているか？」

「いいえ。六番様は、僕たちが生まれた頃には此の国を去っていますし、そもそも六久野が何をしていたのか、記録など残っているのですか？」

「神在なのに、そんな隠していても良いの？」

「手の内を明かしても問題ない家と、そうではない家がある、ということですね。もちろん、お役目の都合上ということです」

「つまり、神在としての六久野の役目は、公にすると問題があったわけだ。隠し事には、隠し事をするだけの意味があったわけだ。さて、鬼が出るか蛇が出るか。帝ならば、ご存じだろうが」

「え？」

「帝は、即位する前まで六久野にいた。そもそも、あの御方は、本当ならば即位する立場ではなかったんだ。他の皇子たちが死んだから、即位するしかなかった」

「本来、帝になるような皇子でなかったから、六久野にいたってことですか？」

「そうだな。ただ、帝は六久野で過ごした日々を語ったことはない。単純に神在が嫌いだからと思ったが、違ったのだろう。語ることを拒むほど、苦しい記憶であったから口を閉ざした」

その結果が、六久野の亡びだった。

「苦しかったことも、痛かったことも、思い出すのはつらくて。そのときのことを語ってしまうと、何度も、痛みや苦しみを繰り返してしまいます。だから、きっと帝は語ることができなかったんだと思います」

「いつの時代も、帝と神在の関係はせめぎ合っている。神在の家が、皇子をどのようにあつかったのか、想像するまでもなく分かるだろう?」

ならば、それは——。

帝が六久野を亡ぼしたことも、神在を嫌っていることも、すべて。

「復讐?」

かつて受けた屈辱を、痛みを償わせるためになってしまう。

真緒は、帝の神在嫌いは知っていても、何故、神在を嫌っているのか、という理由に思いを馳せたことがなかった。

「復讐。そうかもしれない。帝の御心は、とうの昔に壊れてしまって、神在を虐げることでしか満たされなかった」

壊れて、歪なかたちのまま、長きに渡り、帝として君臨することになった。

(わたしは、帝のことを怖い人だと思っていた。いちばん恐ろしい人だって、みんなが言うから。でも、本当にそうだったのかな?)

帝が、神在に対して、酷い行いをしてきたのは事実だ。

だが、その裏に、かつて傷つけられた日々の復讐が隠れていたとしたら。

「あまり、帝に肩入れするものではありませんよ。過去に何があったとしても、それからの帝の行いを、僕たちは認めるわけにはいきません。……帝による復讐だったとしても、恭司たちが惨い目に遭ったことは変わりません」

「終也の言うとおりだ。毒で弱らせて、飛び立つことができなくなったところに、一斉に軍を渡したんだ。許されることではない」

毒に苦しみもがいて、飛ぶことのできなくなった鳥たちは、情け容赦なく、狩られてしまった。

そうして、六久野は、かつて恭司が語ったような末路を辿った。

『ひどいものだった。忘れもしない。奴らは男どもの頸を刎ねて、泣き叫ぶ女たちを攫い、子どもたちの背中からは翼を奪った』

翼を奪われた子どもたちには、恭司や六久野の姫君――羽衣姫が含まれている。

「恭司様たちは、六久野が亡ぼされてから、ずっと帝のもとに?」

「そうだな。恭司も、羽衣姫も、ずっと囚われの身だった。羽衣姫については、死んで解放されたが」

二十年ほど前、帝の子を腹に宿したまま、羽衣姫は亡くなった。

真緒は震える唇を、やっとの思いで開く。

「末の皇子が、帝を殺して即位する」

八塚螟という、未来視の神在に生まれた男がいた。

彼は、いずれ訪れるかもしれない未来を遺して、死出の旅に向かった。

真緒たちは、その未来視について大きな勘違いをしていた。おそらく、八塚螟は、あえて勘違いするように仕向けた。

「羽衣姫の忘れ形見など、今さら出てくるとは、な」

六久野の姫君とともに、亡くなった皇子がいる。

（亡くなったはずなのに。帝は、羽衣姫様の子を、後継として望んでいる）

ならば、末の皇子として生まれるはずだった皇子は、今も生きているのかもしれない。

「螟も、人が悪い」

「未来視で語られた、末の皇子。それが、あなたではなかったことを、八塚螟は、意図的に隠したのでしょうね」

「思えば、俺が即位するなら、末の皇子ではなく名指しで《志貴》と言ったはずだ。わざわざ、曖昧な言い方にしたことに意味があったのだろうな。……本当、性格が悪い」

真緒は、違う、と思った。

「そう言えば、志貴様が生きる気力を取り戻す、と考えたんだと思います。わたしは、螟様を知りません。でも、お友達なら、生きてほしい、と思うでしょう？」

　悪(あ)しきものに焼かれて、生死を彷徨(さまよ)っていた志貴にとって、八塚螟の未来視は希望となったはずだ。

　その未来視こそが、死の淵(ふち)で、志貴を生かしたのではないか。

「どうだか。死んだ人間の心など、俺には分からないからな」

「あるいは、その未来視を覆(くつがえ)してほしい、と思ったのかもしれません。未来とは、無数に枝分かれするものではありませんか？　まだ決まっていません、何も」

　終也の言うとおりだった。

　真緒たちには、八塚の未来視が、どのようなものか分からない。しかし、想像することはできるのだ。

　未来とは、おそらく無数に枝分かれしているものだ。

　選ばれたものだけが、現在となり、やがて過去となるのだ。まだ訪れていない未来ならば、それを覆すこともできるのではないか。

「未来は決まっていないが、俺が末の皇子ではないことは確かなのだろう。俺の下には、もう一人、皇子が生まれるはずだった。帝が最も寵愛(ちょうあい)し、決して宮中から逃すことのなかった籠(かご)の鳥――羽衣姫が身ごもっていた皇子だ」

志貴は虚空を睨みつける。暗がりで揺れる炎のような、赤い瞳には隠しきれぬ怒りが滲んでいた。

「ずっと、不思議に思っていたのですが。何故、皇子だと分かったのですか？　羽衣姫と一緒に亡くなったならば、性別など分かりようがありません」

終也の疑問は尤もだった。

「遺体から取り上げて、確かめたから分かる」

志貴は事もなげに答えた。

「母親の亡骸から、無理やり亡くなった赤子を？」

「ああ。恭司が、羽衣姫の遺体から、死んでしまった赤子を取り上げた。男児だったらしい、帝も確認している」

恭司にとって、羽衣姫は恋する相手でもあった。そんな相手が亡くなり、そのうえ遺体を暴き、他の男の子どもを取り上げなければならなかった。

恭司は、どんな気持ちで、そのような残酷な行為に臨んだのか。

「赤子の死体など、いくらでも用意できます」

真緒は弾かれたように顔をあげる。恭司の気持ちを想像してしまった真緒と違って、終也は別のことに思い至ったらしい。

子は取り替えられた。

「取り替えたって、こと？」

無意識のうちに、身体（からだ）が震えてしまう。見ず知らずの赤子の遺体と、無事に生まれた皇子は取り替えられた。

末の皇子が、本当は生きていることを隠すために。

「帝は、恭司が自分を裏切るとは想像したこともないはずだ。だから、疑いもしなかった。生まれたての赤子ならば、顔立ちも誤魔化（ごまか）せただろうよ」

「同じ頃に亡くなった赤子を用意したのか、別の赤子を攫って殺したのかは分かりませんが。末の皇子は、恭司によって生かされたのですね」

「俺が末の皇子ではないならば、帝を殺すのは俺ではない。羽衣姫の産んだ子になる」

死んだはずの、末の皇子。

「その人は、いま何処（どこ）にいるの？」

真緒のつぶやきに、男二人は答えない。

繰り返す波音だけが、あたりに虚（むな）しく響いた。

◇◆◇◆◇

干潮のうちに、三人は天涯島に渡った。

（そういえば。あの洞窟は、何だったんだろう？）

本土から天涯島に至ったとき、真緒は不自然な洞窟を見かけた。距離があったので、もしかしたら、終也たちには見えていなかったかもしれない。だが、真緒の目には、はっきりと洞窟の奥まで見えていた。

突き出した崖の下に、すっぽり隠された洞窟だった。断崖絶壁に、穴が空いたような造りである。そして、奇妙なことに、奥の方は格子によって塞がれていた。

（わたしが閉じ込められていた、平屋みたいだった）

平屋と洞窟は、似ても似つかない。しかし、感じ取れる空気のようなものが、ひどく似通っていた。

あの洞窟は、誰かを閉じ込めるための場所だったのかもしれない。

潮の香りのする風が吹いて、真緒たちの頬を撫でる。

「寂しい場所だね」

廃墟となった家々を前にして、真緒は拳を握った。辛うじて、家としての形は保っているものの、虚しさばかりが漂っている。

「人がいなくなった場所は、家も土地も傷んでしまうので、仕方ありません」

天涯島は、数十年前まで、人々が生活していたとは思えないほど寂れていた。

視線を落とせば、かつては綺麗に敷かれていたであろう石畳が割れて、雑草の根が飛び出していた。景観のために植えられていた樹木も、歪な形で、上へ、上へと枝葉を伸ばしており、子どもの夢に出てくる怪物のようだ。

「このあたりは、おそらく領民たちが暮らしていた町だろうな」

六久野の領地には、神の血を引かぬ人々も暮らしていた。

人々が好き勝手に住まい、雑多に形成されていった町ではない。整然と立ち並んでいる建物や、歪むことなく、同じ道幅をした通りを見れば、きちんと計算されたうえで造られた町であることが分かる。

本土から離れているわりに、活気があって、豊かな町だったのだろう。

「六久野の人たちが暮らしていたのは、もっと高いところですか?」

天涯島は、島全体が、小高い山のような造りになっている。

おそらく、山の裾野にあたる部分に領民たちが暮らし、六久野の一族は、もっと高いところに居を構えていた。

真緒の目は、見上げた山の頂に立派な邸を捉えた。

人が住まなくなり、傷んでいるようだが、明らかに、いま歩いているあたりの家々とは造りが違った。

もしかしたら、あそこに恭司はいるのかもしれない。

「恭司様、大丈夫かな？」

先に上陸しているであろう恭司のことを思うと、ひどく胸が痛む。変わり果てた故郷を歩くほど、彼は深く傷ついたはずだ。

「大丈夫ではないでしょう。恭司は、同胞に対しての思い入れが強いのです。六久野が亡びた後も、自分が六久野の人間であることにこだわっていましたから」

たとえ、此の国から六番様が去ろうとも、その身には六番様の血が流れている。それこそが、恭司が生きてゆくための、支えのひとつだった。

神在でなくなってからも、恭司の在り方の根幹には、神在としての自負がある。

「恭司もそうだが、六久野の生き残りは、決して羽衣姫を見捨てなかった。それだけで、結束の固い一族だったことは分かる」

志貴は溜息まじりに補足した。

恭司をはじめとした六久野の生き残りは、羽衣姫を人質にとられて、帝や宮中に従ったという。

恭司は、羽衣姫を見捨てて、自由に生きる道を選ぶことはなかった。人質たる羽衣姫が亡くなってからも、彼女を囲っていた帝のもとにいる。

「恭司は、そもそも羽衣姫に恋をしていましたからね」

「帝の妃に横恋慕するなど罪深いことだ。羽衣姫が身籠もったときも、帝ではなく恭司の子なのではないか、と騒いだ連中もいた。俺を生んだ女とか、な」

「それは、あり得ないと思います。志貴様は、ご存じでしょう？」

「もちろん知っている。恭司は、そもそも子を生すことはできない、と」

当然のことのように語るので、真緒はぎょっとしてしまう。

「だから、帝だけでなく、羽衣姫の傍にいることも許されたのです。羽衣姫の子は、間違いなく、帝の血を引いていますよ」

「羽衣姫が身籠もったとき、宮中は大荒れだった。他の妃たちも、その後ろにいる連中も、羽衣姫が子を生すとは考えていなかったからな。なにせ、あれだけ帝の寵愛が深かったのに、ずっと身籠もることはなかった」

「帝は、ずっと羽衣姫との子どもを望んでいたのでしょう。だから」

今になって、亡くなった羽衣姫の子を、次の帝に、と言い出した。

「帝が、いよいよ耄碌した、と思えたならば良かった。だが、螟の未来視を思えば、やはり何処かで生きていたのだろう」

「それも、恭司に会えば分かるでしょう」

真緒は頷く。やはり、すべてを知っているのは恭司なのだ。


六久野の邸に向かうため、三人は山道に足を踏み入れた。

山道は想像していたよりも、ずっと歩きやすい。木々の枝が飛び出し、苔むしているものの、きちんと整備されていた頃を思わせる。

山頂にある邸だけで、物資や食料を賄えるはずもない。当時、それらを補給するために、麓にある町とは、頻繁に行き来があったのかもしれない。

「足跡が残っていますね」

山道に繁茂する苔には、誰かが踏み潰したような跡が残っていた。いまだ新しい足跡は、明らかに男性のものであった。

「恭司様の足跡？」

「おそらく。やはり、六久野の邸にいるのかもしれません」

時折、終也に手を引かれながら、真緒は山を登りきった。額に汗を滲ませる志貴や真緒とは対照的に、終也は涼しい顔をしている。

視界が開けて、立派な表門があらわれた。門の奥には見るからに広い邸があり、山道と同じように足跡が続いていた。

「二手に分かれるか？　さすがに、この広さだからな」

志貴の提案を受けて、終也は何かを考え込むように口元に手をあてる。

「護衛の意味がなくなりますが、よろしいのですか？　それとも、志貴様には、もしかして別の目的があるのですか？　恭司と会う以外に」

終也の声には、志貴に対する疑念があった。美しい緑色の目は、剣呑な光を孕んだまま、志貴を捉えている。

「真緒と違って、お前は疑り深いのだな。別の目的があったとしても、何か問題あるのか？　恭司に会いたい、というのも嘘ではない」

「その目的が、十織に関わるものではないならば問題ありません」

志貴は面倒そうに頬を指でかく。

「十織には関係のない、個人的な調べ物だから気にするな。恭司に遭遇して、もし向こうが襲いかかってきたとしたら、運がなかった、ということだろうよ。……螟は、俺が死ぬのは先のことと言ったが、それも本当か怪しいところだ」

「志貴様、でも」

「羽衣姫の子が生きているのならば、どのみち、俺には後がない。このままでは、どうせ帝に殺される。一矢報いる何かがあるのなら、調べておきたい」

そう言って、志貴は表門を潜った。何かを知っているのか、迷いのない足取りで奥へと消えてしまった。

「僕たちも行きましょう」

真緒は頷いて、土足のまま六久野の邸にあがった。

邸は、十織邸の主屋とは異なり一階建てだった。ただし、十織よりも敷地は広いようで、真緒ひとりでは迷子になるような造りだ。

人が住まなくなって久しいので、お世辞にも綺麗な邸とは言えなかった。

雨風が入り込んでいたのか、土埃や泥が目につく。建物自体も傷んでおり、歩く度、床が軋む音を立てた。腐敗が進んだ柱は傾き、一部、天井も落ちている。

それでも、この邸からは、かつての栄華を感じ取ることができた。趣向を凝らし、贅を極めた邸で暮らしていた人々の息づかいが、わずかに聞こえる気がした。

やがて、真緒と終也は、荒れ果てた庭に至った。

鯉の一匹も跳ねることのない、枯れ果て、泥しか残っていない池のうえに、塗装の剝げた太鼓橋が架かっている。

橋の上に、軍服姿の男が立っていた。

真っ黒な詰襟の上衣に、同じ色をした軍帽を被っている。腰に佩かれた刀の柄が、太陽の光を反射し、鈍い光を放っていた。

「恭司」

静けさに、終也の声が響く。

何もない池を見下ろしていた男は、ふと、顔をあげる。

「意外な客人だな？　まさか、お前が来るとは思わなかった」

恭司は不自然なほど穏やかな様子だった。とても、皇子たちを殺した罪で、追われる身とは思えなかった。

「皇子たちが殺されて、あなたが追われている、と」

「それで、俺に会いに来たのか？　お前にしては軽率だな」

恭司は皇子殺しについて否定しなかった。はぐらかすような言葉に、終也は苦しげに拳を握った。

「そうかもしれません。でも、僕は本当のことを知りたい、と思いました。何もしないまま、失ってしまうのは嫌です」

「なるほど。無知は無力と同じだからな。力なくては何も守れまい」

「宮中では、たいそうな混乱が生じているそうです。誰も彼も、本当のところは何が起きたのか分からぬまま」

「そうだろうな。帝も、その混乱を治める気はないから、なおのこと荒れているはずだ。だが、ただで話すわけにはいかない。こちらにも事情がある」

「それは、宮中を混乱させて、国の行く末を揺らがすほどの事情なのですか？　あなたと帝の身勝手ではなく？」

苛立ちを隠さずに、終也は問い糺す。

終也を落ちつかせるよう、咄嗟に、真緒は彼の袖を摑んだ。

終也は、彼自身が思うよりもずっと深く、恭司に心を許している。故に、一歩引いて、冷静に話をすることができなくなっていた。

「恭司様、あなたの事情は分からないけれども。それは、わたしたちに協力できることがあったら、教えてくれるってこと？」

ただで話すわけにはいかない。つまり、何かしらの対価と引き換えならば、すべてを話すつもりはある。

「失せ物探しに協力してほしい。その後ならば、いくらでも、お前たちの問いに答えよう。

宮中にも、帝のもとにも、大人しく戻るつもりだ」

「戻ったとき、あなたは大罪人でしょう」

「実際、罪人のようなものだからな。ただ、罪人として戻るにしても、ここで目的を果たさねば、俺は死んでも死にきれない」

「恭司様は、何を探しているの？」

恭司の態度が、不自然なほど穏やかであるのは、何もかもを受け入れているからだ。彼にとって、葛藤する時期は過ぎている。すでに、自らが行うべきことを定めて、覚悟を決めているから揺らがない。


「羽衣の形見だ」


恭司は愛しい人を呼ぶように、羽衣、という名を口にした。

それが何であるのかも気になる。だが、真緒には、恭司が自分のことを罪人のようなもの、と言ったことも引っかかった。

（羽衣姫様の、形見？）

「あの。わたしたち、そもそも、恭司様が皇子様たちを殺したっていうのは、おかしいと思っているの。宮中に悪しきものを招くなんて、そんなことできるとは思えない」

志貴は、一番目から百番目までの神が、《悪しきもの》を封じるために生まれたならば、招くこともできるのではないか、と言った。

しかし、そのような力が、本当に六久野にあるのだろうか。

恭司は目を丸くして、それから声をあげて笑う。

「なるほど。ずいぶん、宮中では面白い話になっているのだな。……そうだな、これくらいは先に話しておいても良いか。皇子たちの死は、俺が手を下したわけではない」

「それなら、どうして恭司様の罪になるの？」

「皇子たちの死は、羽衣が引き起こしたことだった。同じ六久野に生まれついたものとして、俺が背負うべき罪でもある。羽衣が犯した罪は、俺が償わなければならない」

「とうの昔に亡くなっている姫君が、今になって皇子たちを殺せるとは思えません」

死んだ人間が、どうして生きている者を殺せる。

死者は還らない。それだけは、どのような神にも叶えることはできない。

「殺せる。羽衣には、皇子たちを殺そう、という意図はなかったのかもしれないが、結果的に、それは皇子たちを死に至らしめた。――宮中や帝都に顕れた《悪しきもの》。あれは、六久野では《火患い》と呼ばれていた」

真緒の脳裏に、帝都の学舎で襲いかかってきた炎がよみがえる。

六久野の一族にとって、あの炎は、昔から把握している災厄なのだ。つまり、宮中や帝都に顕れたのが、初めてではなかった。

「患いって、病気のことだよね？　何が病気になったの？」

「此の国。正しくは、此の国を支える契約だな。帝の先祖が、旧き女神と結んだ契約、すなわち国生みの契約だ」

はるか昔、国生みのとき、一番目から百番目までの神が生まれたという。

その一柱、一柱は、すべて《悪しきもの》に抗うために生まれた。故に、此の国は神を留めなければならなかった。

そのために、神々を始祖とし、いまだ所有している神在がいる。

「《天涯島》は、国生みの場だ。六久野とは、国生みの契約を守る神在のひとつ。国生みのとき、旧き女神は、いくつか契約の証となる物を遺した。それは契約を保つために不可欠なものであり、六久野の場合、羽衣が受け継いでいた」

「けれども、羽衣姫は隠してしまった？」

「ああ。だから、俺は羽衣の形見を探しにきた。《火患い》を治めるために」

終也は顔をしかめる。

「恭司は、ずっと何も知らない振りをしてきたのですね」

宮中や帝都に顕れた《悪しきもの》が何であるのか知りながら、恭司は隠し続けたのだ。

おそらく、帝に対しても何一つ語らなかったのだろう。

「話したところで、羽衣の形見が見つからなければ、被害は続く。それに、ただでさえ悪いうわさしかない羽衣に、これ以上の不名誉は被せたくなかった。死んでからもなお貶められるなど、憐れだろう?」

真緒にも、その気持ちは良く分かった。

(大事な人が、悪く言われるのは苦しいから)

自分のことよりも、終也を悪し様に言われることの方がつらい。恭司にとっての羽衣姫が、真緒にとっての終也ならば、彼女の名誉を守りたいはずだ。

「一昨年の夏、宮中の宝庫で起きた火事の後から、少し調べてみた。どうやら、おおよそ二十年ほど前から、各地で火患いは起きていたらしい。顕れる度、邪気祓いの連中が祓っていたから、気づかなかっただけで」

一連の《悪しきもの》による被害は、宮中の宝庫が燃えたことが始まりではない。本当のはじまりは、羽衣姫が亡くなった頃なのだ。

「羽衣姫様の形見を探す、とは言いますが。本当に、天涯島にあるのですか?」

「残念ながら、それも確かなことではない。だが、羽衣は、天涯島で生まれ育ち、六久野が亡ぼされてからは宮中に留められた。形見があるならば、この島か、宮中か」

「羽衣姫様が宮中で亡くなって、それから《火患い》が起こるようになったのなら、形見は宮中にあるんじゃないの？」

天涯島ではなく、羽衣姫が亡くなった場所──宮中にあるべきだ。

「そのようなことは、俺も分かっている。だが、宮中では、いくら探しても見つからなかった。ならば、望みは薄くとも、天涯島を探すべきだ」

そう言いつつも、端から、恭司は期待していないようだった。

むしろ、もっと別の理由があって、天涯島に来たかったのかもしれない。

（この島は、恭司様にとって、ずっと帰ることのできなかった故郷だから）

恭司だけでなく、亡くなった羽衣にとっても同じだ。亡びてから、ずっと足を踏み入れることができなかったからこそ、この島を訪れたかった。

「羽衣姫の形見が、どのようなものか知っているのですか？」

「いいや？　ただ、見れば分かるだろう。俺にも六番様の血が流れているからな」

「あなたにしては、ずいぶん曖昧な言い方をされるのですね。本当は、何もかも分かっていらっしゃるのではないですか？」

「終也？」

「あなたの言う形見とは、羽衣姫の産んだ子どもでしょう？」

真緒は絶句した。当たり前のように、形見とは物品を想像していたが、遺されたものという意味では、終也の言葉を否定できない。

「羽衣姫が死んだときに隠されたならば、それは」

それは赤子の形をしているのではないか。

その身に流れる血によって、受け継がれる何かではないか。

「悪い妄想にでも取り憑かれたか？　羽衣の子は死んだ」

「あなたが赤子を取り替えて、羽衣姫の子を生かしたのでは？」

「まさか。芝居小屋で、安っぽい物語でも観てきたのか？　俺は、そのような馬鹿な真似をするために、恋しい女の遺体を暴いたわけではない」

恭司の受け答えは自然なもので、隠し事をしているとは思えない。しかし、火患いについて黙っていたことを思えば、本当のことを隠している可能性はあった。

「ならば、どうして今になって、帝は、羽衣姫の子を後継にする、などと？」

「死に際になって、ついに妄想と現実の区別がつかなくなったのだろう。いまの帝は、生きるか死ぬか。もう長くはない」

(やっぱり。帝は、表に出てこられないほど具合が悪いんだ)

いよいよ、長きに渡る治世が終わる。

「すべて妄言。帝がご乱心だと、おっしゃりたいのですか?」

「そう言っている。尤も、乱心というならば、とうの昔から、そうだったが。志信は、六久野にいた頃から、もうずっと心を壊している」

志信。はじめて聞いた名前だったが、誰を指すのかは明らかだ。

今上帝の名を、志信、というのだ。

「六久野が、帝の御心を壊したのですね」

人の心が壊れるほどの出来事が、この島で起きたのだ。

即位する前、皇子だった頃の帝は、六久野の人々から大切にされることはなかった。むしろ、心を壊すほど、惨たらしい仕打ちを受けてきた。

恭司は目を伏せる。

「この土地で起きたことは、今日に至るまで、ずっと志信の心から消えなかった。消してやることも、俺と羽衣にはできなかった」

脳裏に、天涯島に渡るときに見た、不自然な洞窟が過った。

突き出した崖の下に、隠されるようにあった洞窟は、格子によって奥が塞がれていた。

まるで、誰かを閉じ込めていたかのように。

あの場所に、囚われていた人がいるならば、一人しかいない。

「ここで。ここで、何があったの？」

真緒は声を震わせる。

「昔話を、ご所望(しょもう)か？　まったく気持ちの良いものではないが。なに、この《天涯島》に囚われていた、憐れな籠(かご)の鳥についてのこと。誰も救われることのなかった、仕様もない昔話だ」

恭司は語りはじめる、過去を思い出すように。

あるいは、六久野が犯した罪に、思いを馳(は)せるように。

四.

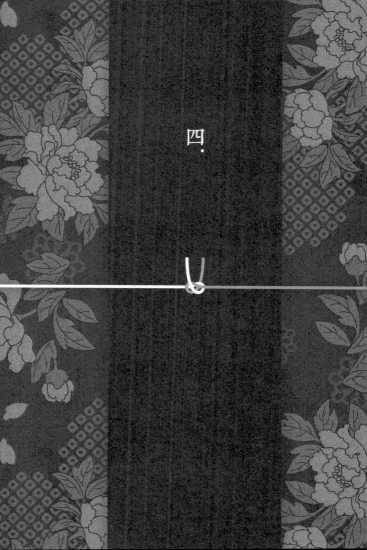

恭司(きょうじ)が生を享(う)けたのは、六番目の神を有する一族だった。

本土とは、潮の満引きでしか繋(つな)がることのない、小高い山がそのまま海に浮かんでいるような島を統(す)べる神在(かみあり)だ。

一族は、山の裾野(すその)で暮らす領民たちを見下ろすように、頂上付近に暮らしていた。

物心ついてから、恭司はそのことに疑問を抱いたことはなかった。

自分たちは神を有する一族で、この身には六番様(ろくばんさま)の血が流れている。

生まれながらに、特別な存在である。神の血を引かぬ者たちを見下ろすことが当然で、それが許されるのだと疑いもしなかった。

「恭司！　ねえ、起きて」

鈴の鳴るような少女の声に、大樹(たいじゅ)の枝でまどろんでいた恭司は目を覚ます。

少年らしく、まだ筋肉の少ない腕を使って、ゆっくりと身を起こした。地面を見下ろせば、振袖(ふりそで)姿の少女が立っていた。

凛(りん)とした、美しい少女だった。

宵闇(よいやみ)を思わせる黒に、鮮やかな赤い手鞠(てまり)が織り出された振袖を纏(まと)っており、まるで昔話に出てくる姫君のようである。

大樹が生い茂る森には、あまりにも似合わない姿だった。

「羽衣。そんな大声を出さなくても聞こえる」

「あら、嘘つき。これくらい大きな声を出さないと聞こえないでしょう？　あなたは寝ぼすけだもの」

羽衣は腰に両手をあてて、拗ねたように頰を膨らませた。恭司と同じく、年齢のわりに大人びた顔立ちなので、子どもらしい仕草が似合わない。

恭司が呆れたように溜息をつくと、羽衣は地面を蹴り、音もなく飛び立った。

少女の身体を包みこむほど大きな、暗褐色の翼が広がる。

六久野の姫君のために誂えられた華やかな振袖は、当然のように後ろ身頃に切り込みが入れてある。黒い振袖が、はらり、と宙に舞ったと同時、彼女は翼をしならせて、宙を羽ばたくのだ。

恭司のいる枝の近くまで、あっという間に、羽衣は辿りついた。

「俺が寝ぼすけなのではなく、お前が早起きなんだろうが」

六久野の人間は、たいてい朝方から日中は眠りについて、夜になると活動をはじめる。

六番様──梟の姿をした神は、太陽の出ている時間には起きない。

だから、その血を引いている恭司たちも、そう在るべきなのだ。羽衣のように、日中は元気に遊びまわり、夜になると寝ている方が奇妙だった。

「人はね、太陽の光を浴びた方が良いのよ。ずっと夜にいたら、真っ暗でしょう? 大事なものだって見えなくなってしまうと思わない?」

恭司は眉間にしわを寄せる。

「俺たちは、むしろ昼の方が見えないだろうが」

夜目は利くが、反面、日中は見えづらい。恭司よりも、本家直系たる羽衣の方が、よほどそのことを自覚しているはずだ。

「もう! 実際に見える、見えないの話ではないの。恭司ったら、わたしよりも年上なのに、ぜんぜん分かっていないのね」

羽衣は得意げに笑って、恭司の眉間を指で突く。

年下の少女に説教されているようで、非常に面白くなかった。まだ十にもなっていない娘に、いったい何が分かるというのか。

「分かっていなくて、悪かったな。それで? こんな昼間から、何の用だ」

まさか、用もなく、森でまどろむ恭司を捕まえにきたわけではないだろう。

この娘は、いつも自分の望みに、恭司を巻き込もうとする。今日とて、いつもどおり我儘を言いに来たに違いない。

「一緒に、崖のところまで行かない?」

「邸の裏にある？　御当主様たちが近づくな、と言っているところだろう」

羽衣が言っている場所は、すぐに分かった。

六久野の本家が暮らしている邸の裏には、切り立った崖がある。決して近づかぬよう、一族の子どもたちが言い含められている場所でもあった。

（神無の子どもではないのだから、崖から落ちて怪我をすることもないだろうに。どうして、近づくな、と言うのか）

六久野の子どもたちは、背中に翼を持っている。空を駆けることができるのだから、崖から落ちたところで、怪我ひとつ負うことはない。

「どうして、近寄ってはいけないのかしら？　気にならない？」

恭司を押しのけるようにして、羽衣は同じ枝に腰かける。行儀悪く、両足を揺らしながら、青い瞳を輝かせていた。

「また怒られるぞ、御当主様に」

当主たる母親のことを出しても、羽衣は引かなかった。

「一緒に怒られてくれるのでしょう？　未来の旦那様」

「それは、御当主様が勝手に言っているだけだろう。俺は、お前と夫婦になるなど御免だな。毎日、うるさくて敵わない」

わざとらしく、恭司はそっぽを向く。

嘘だった。いつも否定してしまうが、本心では、いつか夫婦となるならば、羽衣しかいないと考えている。

本家直系の娘たる羽衣と釣り合いがとれるのは、年齢や血縁からして、恭司だけだ。

幼い頃から、ともに育てられてきたので、知らない仲でもない。天涯島（てんがいじま）を守り、神在としての責務を果たすならば、彼女と夫婦になることが一番だった。

「うるさい？　賑（にぎ）やかで良いと思うのに。あなたは言葉が足りないから、ちょうど良いと思わない？」

「勝手に言ってろ」

「ふふ、勝手に言っているわ。ねえ、結局、一緒には行ってくれないの？」

「崖に？　そんなに気になるのか？」

「気になるの。あのね、あそこには洞窟（どうくつ）があるのよ」

羽衣は身をかがめると、とっておきの秘密を話すように囁（ささや）く。

「洞窟？　そんなものはないだろう」

恭司の頭に浮かんでいるのは、切り立った崖だけだ。

「崖が突き出しているから、崖の上からだと見えないの」

「つまり、一度、空に出てみないと分からないのか？」

　崖の上からは見えないならば、崖の下まで飛び降りる必要があった。

　一度、空に飛び立って、島の外側から崖を見上げるような場所に行かなくてはならないのだろう。そうすることで、はじめて、崖の下――おそらく岩肌につくられているであろう洞窟を見ることができるのだ。

「そうよ。わたし、母上たちがね、崖から洞窟に通っているのを見たのよ。恭司の御両親も一緒だった。こそこそ隠れて、みんなで何をしているのか気にならない？」

　どうやら、羽衣が気になっているのは崖でも洞窟ではなく、そこに一族の人間が通っていることらしい。

「御当主様たちのしていることは、放っておけ。いずれ教えてくれるだろう。いま教えてくれないのならば、今知るべきことではない、ということだ。羽衣、お前はいずれ当主になる身だ。いい加減、その知りたがりは直せ」

「でも、恭司も気になるでしょう？」

　図星だったので、恭司は黙り込んだ。

　崖の下にある洞窟で、当主たちが何かをしているならば、きっと一族に関係深いことだ。

（俺たちは神様の血筋だから）

それは、きっと崇高な行いをしているはずだった。一族に生まれた者として、何が行われているのか気になってしまう。

「付き合うのは、今日だけだ」

「それを決めるのは、行ってからにしましょう？　もしかしたら、何回も通いたくなるかもしれないもの。母上たちみたいに」

羽衣は嬉しそうに、恭司の手をとった。

それから二人は、他の者たちが寝静まっている昼間のうちに移動する。

本家の人々が暮らす邸を突っ切って、裏手にある崖に至る頃には、恭司の胸は早鐘を打っていた。

いくら背伸びをしても、恭司とて、羽衣より数年早く生まれただけの少年だ。

一族の者たちが隠していることに、興味がないわけではない。また、いつか夫婦になるであろう少女と秘密を共有できると思えば、気分は高揚する。

二人そろって、ためらいなく崖の下に飛び降りる。

落下に対する恐怖はなかった。

翼を広げたら、空はもう恭司たちの住み処だ。

六久野に生まれた者たちは、歩くよりも先に、その翼で飛べるようになる。恭司は地に足をつけるよりも、空を飛んでいるときの方が好きだった。

羽衣の言うとおり、切り立った崖の下には洞窟があった。

崖の形が、舟のように突き出していたせいで、その下に洞窟があることに気づかなかったのだ。羽衣に教えられなければ、一生、気づくことはなかっただろう。

「御当主様たちは、ここで何をしているんだろうな」

「行ってみたら分かるでしょう？　ほら」

羽衣は、岩肌にぽっかりと空いた洞窟に、恭司を連れてゆく。奥へと進む足取りには迷いがなく、頬は好奇心で赤くなっていた。

羽衣は、六久野の直系として生まれたにしては、ずいぶん、らしくない娘だった。

幼い頃から共に過ごしているからこそ、彼女の異質さを理解してしまう。恭司とは違って、夜闇ではなく、太陽の下が良く似合うのだ。

彼女の隣にいると、時折、まぶしくて目を背けたくなる。

「羽衣。足下には気をつけろ」

洞窟の中は、真昼でありながらも暗かった。奥へ進むほど、太陽の光が遠ざかり、深い闇に閉ざされてゆく。

「まあ、誰に言っているの？」

とはいえ、恭司の忠告は、余計な世話だった。六番様の血を引く恭司たちは、夜目が利くので、暗闇でも困らない。

神の血を引かぬ者たちとは、生き物としての作りが違うのだ。

やがて、じわり、とした湿気に包まれた洞窟は、行き止まりを迎えた。恭司たちの前に現れたのは、格子によって仕切られた空間だった。

(牢?)

格子の向こうには、一人の男が閉じ込められていた。

うっとりするほど上質な衣を着せられた、小柄な男である。岩壁に背を預けるように坐して、ぼんやり宙を見上げている。

玻璃のように儚く、繊細な美貌だった。

形の良い眼に、長い睫毛、すっと通った鼻筋。日の光を知らぬ白い膚に、ぽってりとした唇の赤が映える。

顔立ちには幼さが残っているが、どこか退廃的で、背筋がぞくりとするような色香のある男だった。無造作に伸ばされた黒髪さえも、不思議と、彼の魅力を引き立てる。

恭司は、男から目を離すことができなかった。

(なんて、美しい)

この先、どのような出逢いがあったとしても、恭司の生涯で一番美しい人は、この男だろう。

「誰だ？」

美しい人は声までも美しい、と、恭司は知った。

可憐な鳥のさえずりを聞いたときの、胸がどきどきとする感覚に襲われる。

ただ、思いのほか、青さのある声であった。もしかしたら、成熟した男ではなく、少年と言っても差し支えのない歳かもしれない。

「はじめまして！　あなたは誰？　どうして、こちらにいらっしゃるの？」

恭司が止める暇もなく、羽衣は飛び出していた。格子の前まで駆け寄ると、ためらいなく隙間から手を入れる。

羽衣は、瞬く間のうちに、格子の向こうにいる男の手を握っていた。

「……っ、いきなり手を握るな！」

男の目線は、あらぬ方向に行ったり来たりを繰り返していた。

「羽衣、止めろ。何も見えていないみたいだ」

夜目が利く恭司たちと違って、男の眼前には暗闇だけが広がっているはずだ。突然、手を握られたら、驚くに決まっている。

「もう一人いるのか?」

か細く、力のない声で、男は尋ねてきた。何かに怯えるかのように、かたく強ばった表情をしている。

「そう、もう一人いるのよ」

男の怯えに気づいているのか、気づいていないのか。羽衣はにこにこと笑いながら、能天気に答えていた。

「そうなのか、二人いるのか。宮中の者では、ないのだろう？　声からして、二人とも、まだ幼い。六久野の子か？」

恭司は返答に困ってしまう。

洞窟に来たことは、当主たちには隠している。黙って忍び込んだ手前、自ら名乗り出て、告げ口をされたら堪らない。

「そうよ。あなたは？　お名前を教えて」

恭司はぎょっとして、羽衣の隣まで駆け出した。

これ以上、男と会話するべきではない。名前を聞いてしまったら、後々、面倒な事態に巻き込まれるに決まっている。

しかし、青い瞳を輝かせる羽衣には、恭司のためらいは届かなかった。

彼女の瞳は、美しい宝石を見つけたかのように煌めいている。

何も見えない男にも、きっと羽衣の瞳だけは、輝いて見えたのだろう。まるで、暗闇に射した、一条の美しい光のように。

「志信」

男は、羽衣の瞳に自分の姿が映っていることを恥じるように、そっと顔を伏せる。

「わたしは羽衣よ、こっちは恭司」

「恭司」

羽衣に急かされて、渋々、恭司は名乗る。

生まれたときからの付き合いなので、恭司には分かるのだ。こうなった羽衣は、何を言っても止まらない。

「ねえ、志信。お友達になりましょう？」

羽衣は笑って、もう一度、志信の手を握り直した。

◇◆◇◆◇

羽衣は、その後も足繁く、志信のいる洞窟へ通った。必然的に、巻き込まれた恭司も、毎回ではないものの付き添うことになった。

「志信。今日は何をして遊ぶ？」

羽衣は、すっかり自分たちよりも年上の男に夢中だった。

（仕方ないか。俺よりも兄らしいからな）

羽衣は、当主の一人娘なので、兄弟姉妹を持たない。ともに育った恭司とて、年上とはいえ、さほど歳が離れているわけではない。

羽衣が、志信のことを兄のように慕うのは当然だ。

はっきりとした年齢は聞いていないが、志信はおそらく、恭司や羽衣たちよりも十は年上なので、なおのこと。

「いちいち、尋ねなくとも結構だ。お前の好きにすると良い、何でも付き合うから」

「でも、一緒に遊ぶのだから、志信にも楽しい気持ちになってほしいの。わたしだけが楽しくても意味はないのよ」

「なら、お前の相方にも聞かなくて良いのか？」

「恭司は良いの。だって、わたしたち、いつも同じものを好きになるんだもの。わたしの好きなものは、恭司だって大好きなのよ。ね？」

羽衣は得意げな顔をして、恭司のことを振り返った。

「お前が、俺の真似をしているのだろうが」

「ひどい。恭司ったら、いつも、わたしに意地悪なことを言うのよ」

「意地悪なんて言っていない」

「言っている！　本当は優しいのに、いつも素直じゃない」

羽衣と恭司の言い合いを遮るように、控えめな笑い声が響く。まるで、小鳥のさえずりのような、美しい笑い声だった。

「お前たちは仲が良いな。ずっと聞きそびれていたが、兄妹なのか？」

「いいえ、兄妹ではなく親戚よ。ええと、再従兄妹で合っているかしら？」

「合っている。お前、いい加減、一族の家系図くらい頭に入れておけ」

「だって、あちらこちらで繋がっているから、ややこしいのだもの」

羽衣の言うとおり、六久野は一族のなかで婚姻を繰り返してきたので、家系図に起こすと複雑になってしまう。

後世まで神の血を遺すために、極力、余所の血を交えるわけにはいかなかった。

俗世では近親婚は厭われるらしいが、神の血を引かぬ者たちの事情など、神在には関係ない。長年に渡り、一族のなかで血を遺したからこそ、六久野の者たちは、いまも翼を持って生まれることができるのだ。

「どこもかしこも、似たようなものだな。神在も帝も、血を遺さねばならぬ、という意味では」

「志信？　何か言った？」

小さなつぶやきは、羽衣や恭司には聞こえなかった。

「何でもない。それで？　何をして遊ぶ。私は、お前たちと一緒なら、何でも楽しいと思える。だから、好きなものを選べ」

羽衣はしばらく迷ってから、思いついたように両手を合わせる。

「貝合わせ。これなら、志信でも一緒にできるでしょう？　ほら、こうやって触ってみたら、貝の形も分かるでしょう？」

羽衣は、見事な刺繡のされた巾着袋の口を開ける。中身を取り出して、格子越しに、志信の手に握らせた。

「貝合わせならば、形だけでは足りないだろう？　きっと、絵が描かれているか、歌が書かれているのではないか」

「……？　貝合わせは、形を合わせる遊びでしょう？」

「形を合わせるのは、そうなのだが。お前が持ってきたものには、何か描かれているのではないか？　六久野の子どもが持つものなのだから、趣向を凝らしているはずだ」

「そういえば、絵が描かれていた気がする」

「なら、今日は絵も見ながら遊ぶと良い。私は、お前と恭司が遊んでいる傍にいるだけで良いから」

「でも、それじゃあ、志信がつまらないでしょう？　そうだ、わたしと恭司が、何が描かれているのか教えてあげる。今日は、そういう遊びにしましょう？　貝を合わせるのではなくて」

羽衣は、次々と貝を取り出す。内側に描かれた絵が分かるように、地面のうえに丁寧に並べていった。

「えっと、綺麗な衣と、これは女の人かしら？」

羽衣が指さしたのは、美しい女が、衣を抱えている絵だった。女自身が纏っているのではなく、まるで誰かに褒美を与えるような姿が不思議だった。

「国生みの絵だろう」

「国生み？」

「此の国の始まりだ。一番目から百番目までの神々は、もともと、一柱の女神によって生み出された。お前が話した貝に描かれているのは、そのときの様子を切り取ったものだ。あと二枚、似たような絵柄の貝があるのではないか？」

恭司は、並んだ貝の中から、同じような構図となっている絵を見つける。ただし、描かれているのは、衣でも、女神でもなかった。

「別の貝に描かれているのは、女神ではないみたいだ」

「描かれているのが男ならば、それは帝の祖にあたる。一番目から百番目までの神が生まれたのは、帝の血筋が、女神と契約を交わしたからだ」

「六番様も、帝と、女神のおかげで生まれたってこと？」

「そういうことだ。六久野の者たちから、教わらなかったのか？」

「……天涯島で生きてゆくのに、必要のない知識だったんだろう。だから、御当主様たちも教えなかった。役に立たないから」

思わず、恭司は口を挟んでしまった。天涯島では、貝に描かれた絵を理解するよりも、より早く空を飛べる方が価値がある。

「もう、恭司！　どうして、そんな風に言うの？　志信は、なんでも知っているのね。きっと、母上たちよりも物知りよ」

「当然のことを教えただけで、物知り、と言われても困る」

「わたしたちにとっては、当然のことではなかったもの。ねえ、志信は、わたしたちと同じ年頃のときから、いっぱい知っていたの？」

「天涯島に来る前まで、時間だけは、たくさんあったからな」

「時間があっても、恭司なんて寝てばっかりだもの。志信は、きちんと努力をして、学ぼうと思ったのでしょう？　とても素敵なことよ。志信が学んだことは、いつかの未来で、きっと志信を助けてくれる。志信の力になるのね」

「力？」

「そうよ。志信を生かしてくれる力になるの。そして、志信が教えてくれたから、わたしたちの生きる力にもなるのよ。とっても素敵なことだと思わない？」

恭司は唇を引き結んで、二人の遣り取りを眺めていた。

学が力になる。

一族の人間は、誰ひとり肯定しないだろう。天涯島で生きてゆくならば、志信が学んできたことは必要ない。

恭司と羽衣は、この島で生まれて、この島で死にゆく。

（俺は、それを疑ったことはなかった。羽衣だって同じだと思っていた。だが）

天涯島の外にも、此の国は広がっているのだ。恭司は、それを事実として知りながらも、本当の意味で理解していなかった。

天涯島から出てゆくなど、想像したこともなかったのだ。

「力、か。そうか、こんなものが力になる、と、お前は言うのか。ならば、お前たちに力を与えよう。お前たちが、このような目に遭わぬよう。私のように閉じ込められることのないように」

志信は自嘲するように吐き捨てると、格子を両手で摑んだ。あまりにも力を入れすぎたのか、生白い指先が、よりいっそう白んでいた。

恭司は察している。おそらく、志信は何かしらの罪を犯したことで、洞窟に閉じ込められている。

（御当主様が、志信を閉じ込めたのか？）

当主たちが洞窟に通っている理由も、志信が罪を犯したことにあるはずだ。

六久野の人間が、こぞって様子を見に来るくらいなのだから、よほど重たい罪を犯したのだろう。

「志信が、どうして、ここにいるのかは分からないけれども。わたし、あなたに力がないなんて思わない。だって、わたし、あなたのようになりたいの」

羽衣は青い目をきらきらと輝かせた。きっと、人が人に憧れるとき、羽衣のような目になるのだろう。

そして、恭司は自覚していた。恭司もまた、羽衣と同じ目をしている。

「天涯島の外には、何があるんだ？」

問いは、恭司の唇から自然と零(こぼ)れた。志信は、恭司とは違って、天涯島の外に広がるものを知っている人だ。

ならば、教えてほしかった。恭司の知らぬ、外の世界にあるものを。

「この島にないものは、すべて」

「すべて？　外に出たら、何でもあるのか？　それは価値あるものなのか？」

恭司は早口で、捲(まく)し立てる。

「価値があるのかないのか、自分で判断すると良い。お前たちには翼があるのだから、行きたいのならば、何処(どこ)にでも行けば良いだろう？　此の国でも、外つ国(とつくに)でも」

「外つ国？」

「海の向こうにある国々のことだ」

「海の向こうにも、国があるのね！　志信は行ったことがある？」

「いいや。ただ、交易があったから、それなりに知っているだけだ」

「志信でも知らないの？」

「ああ。だから、そうだな。外つ国を知りたいのならば、自分で海を渡ったら良いだろう。自分の目で見て、学んでくれれば良い」

「わたしが?」

「お前ならば、きっと行けるだろう。羽衣」

羽衣。志信がその名を口にしたのは、このときが初めてだった。

◇◆◇◆◇

庭の池で、ぽちゃり、と鯉の跳ねる音がした。

鮮やかな錦鯉(にしきごい)は、いつも羽衣が餌(えさ)をやっているせいか、丸々と太っていた。

太陽の光を反射するように、鯉の鱗(うろこ)がきらきら輝く。透き通った水を泳ぐ姿は美しかったが、恭司の心に浮かんだのは、言い知れぬ切なさだった。

(俺たちは、この鯉と同じなのかもしれない。あるいは、籠(かご)の鳥か)

天涯島という、囲いの中を生きていた。本当の意味で、自分たちが籠の鳥であることを実感せず、何の疑問も持たぬまま過ごしていた。

空を見上げると、雲ひとつ浮かんでいない青い空には、まばゆいばかりの太陽が輝いていた。

志信と出逢(であ)う前、恭司は日の光を煩(わずら)わしく思っていた。

夜目の利く恭司たちは、反対に、太陽のある昼間は見えづらい。光があるせいで、何もかもが、一歩遠ざかってしまうことが恐ろしかった。

(太陽など好きではなかったのに)

不思議と、いまは違う。志信と出逢ってから、変わったのだろう。

日の出ている時間も、決して悪いものではなかった。太陽のある間は、志信に会いに行くことができる。

「恭司。可愛い、恭司や」

艶やかな女の声が、恭司の鼓膜を揺らす。

いつのまにか、池に架けられた朱塗りの太鼓橋に、豪奢な打掛けを羽織った女が立っていた。

「御当主様?」

六久野の当主であり、羽衣の母親だ。恭司にとっても、近しい親類の一人だった。

「あいかわらず、よそよそしい呼び方をする。義母と呼べ。お前は、羽衣の婿になるのだから」

真っ赤な紅を引いた唇で、くすり、と当主は笑う。

顔立ちは羽衣と似ているのだが、纏う雰囲気は正反対だ。太陽の下を走り回るような羽衣と違って、まさしく、彼女は夜を生きる人だった。

「まだ婿ではありませんし、御当主様を母と呼ぶなど、俺が怒られてしまいます」

「そうか？　怒るといっても、皆、本気ではないだろうよ。お前たちのことが可愛くて仕方ないのだから」

当主の双眸が、やわらかな弧を描く。愛しくて仕方ないものを見るような、たしかな熱の籠もったまなざしに、居心地の悪さを感じてしまった。

先ほどまで、志信のことを考えていたからかもしれない。

恭司たちが、隠れて志信と会っていることを知っても、彼らは本気では怒らないのだろうか。

「……珍しいですね。御当主様が、これほど日が高い時、お目覚めなど」

大半の一族の者たちと同じで、いつもならば眠りについている時刻だ。

「お前が、頻繁に本家を訪ねてくる、と耳に挟んだ。それも、このような昼間に訪ねてくると聞いてしまったら、気になってしまうだろう。羽衣に影響されたのか？　あれは太陽が好き、という変わり者だからなあ」

実の娘を《変わり者》と揶揄しつつも、当主の声音は優しかった。当主が、遅くに授かった一人娘を溺愛していることは、一族の人間ならば誰もが知っている。

「羽衣は、すごい娘なので。ともにいると、いろいろ影響されますよ」

あの少女は、六久野の本家直系に生まれながらも、最初から様子が異なった。六久野の人間としては、あまりにも異質なのだ。

羽衣は、何の疑いもせず、一族に染まっていた恭司とは違う。

はじめから、自分で考える頭を持っていたから、他の者たちのように染まらない。

だから、牢に閉じ込められている志信に対しても、ためらいがない。

羽衣にとっては、志信が罪を犯し、閉じ込められたかなど関係ないのだ。もしかしたら、彼が罪を犯したかもしれない、という疑いすら持っていないのかもしれない。

彼女は、ただ、そこにいる志信のことだけを見つめていた。

「それは困ったことだ。お前に期待しているのは、羽衣の言いなりではなく、その逆だからな。この頃、私たちに隠れて何をしている？　羽衣と一緒に」

恭司は動揺して、つい肩を揺らしてしまう。

「俺ではなく、羽衣に聞いた方がよろしいでしょう」

「羽衣は口を割らぬ。誰に似たのか、ひどく頑固だから」

「俺ならば、口を割る、と思っているのですね」

「お前は、根っからの六久野の男だからな。羽衣に影響されても、羽衣とは違う。何があっても、お前は六久野としての在り方を捨てられない」

まるで、羽衣ならば、六久野を捨てられる、と言っているかのようだった。

「俺は……」

恭司には、上手な言い訳が見つからなかった。

口籠もる恭司を見て、当主は笑みを深めた。何もかも見通すようなまなざしに、恭司はすべてを理解した。

当主は、すでに何もかも把握(はあく)しているのだ。

「恭司。羽衣の目を、覚まさせてやってほしい」

有無を言わさぬ物言いだった。恭司が断ることなど、端(はな)から考えてもいない。

実際、当主たる女に逆らうことはできない。逆らってしまえば、恭司は六久野の者としてふさわしくない。

「目を、覚まさせる？」

「あの子は、あまりにも甘い。私たちは、それを愛しくも思うが、あのままでは六久野の当主は務まらない。私たちは特別なのだから」

特別。以前までの恭司ならば、特別という言葉を疑うことはなかった。自分たちは崇高(すうこう)な存在であり、神無(かみなし)たちとは違う、と信じていた。

だが、志信と出逢ったことで、いまの恭司は思うのだ。

「俺たちは、本当に特別なのですか？」

六番様の血を引いているから、特別なのか。だが、神の血が流れていようとも、恭司自身は、何も特別などではなかった。

洞窟(どうくつ)に閉じ込められている志信の方が、よほど特別な存在だった。

あの美しい人の頭には、たくさんの素敵なものが仕舞われている。あの人は、恭司たちのために、それを分け与えようとする心も持っていた。

「特別だ。天涯島は、此(こ)の国の始まりとなった島なのだ。それを治める私たちが特別でないならば、誰が特別なのだ？」

「此の国の、始まり？」

先日、洞窟で貝合わせをしたときも、同じことを聞いた。志信は、さらり、と国生みのときの話をしたが、恭司たちの教えられていない話だった。

「そう。一番目から百番目までの神が生まれたのは、天涯島でのことだ。この島は、国生みの島だ。それを守る六久野は、何よりも尊(とうと)ばれるべきだ。他の神在(かみあり)よりも、何もできぬくせに国の頂(いただき)にいる帝よりも」

恭司の困惑に気づいているのか、いないのか。当主は誇らしげに続ける。

「楽しかったか？　隠れて、あの御方に会うことは」

痛いくらいに喉が渇く。蛇に睨まれた蛙のごとく、一歩も動くことができない。やはり、当主は知っていた。恭司たちが、隠れて何をしていたのか。

「……志信が、教えたのですか。俺たちが通っていることを」

当主は涼やかな目元を緩める。

「まさか。あの御方は何も語らぬよ、憐れで、惨めな籠の鳥だからな。空を知る私たちとは違って、最初から翼を奪われている。囀る以外の言葉を持たぬから、私たちとは会話すらしない」

（それは違う）

志信は、天涯島しか知らぬ恭司や羽衣よりも、多くのことを知っていた。囀ることしか知らぬのは、六久野という籠に囚われているのは、恭司たちだった。

当主は太鼓橋を下りると、ゆっくり恭司のもとに近づいてくる。

彼女は片手をあげて、唇を引き結んだ恭司の頭を撫でる。あまりにも優しい手つきだったから、かえって胸が痛む。

恭司は、志信が何をしたのか知らない。

罪を犯して閉じ込められているのだろうが、その罪が何であるのか分からない。

分からないが、願ってしまうのだ。どうか、恭司の頭を撫でるように、志信にも慈悲を与えてほしい、と。

「どうして、志信を閉じ込めるのですか？　志信は、そもそも誰なのですか」

あの人は六久野の者ではなかった。おそらく、神在ですらない。天涯島に暮らす領民のように、一滴たりとも神の血が流れていない。

そんな神無が、どうして閉じ込められているのか。

「あの御方は、宮中から見捨てられた人だ。気まぐれにねだったら、簡単に寄越してくれた。皇子たちなど腐るほどいるから、帝位に絡まぬ者の一人くらい、くれてやっても良い、ということらしい」

「皇子？」

「そう。帝の子だ」

「なのに、閉じ込めているのですか？」

「貰ったものを、どのように扱うか。決めるのは私たちだろう？」

当主は不思議そうにまばたきをする。

（なら、志信は？　何の罪もなく、閉じ込められているのか？　ただ、皇子として生まれただけで）

「恭司。今夜、羽衣を連れて洞窟まで来なさい」

当主は、もう一度、愛(いつく)しむように恭司の頭を撫でた。

◇◆◇◆◇

その夜、眠たそうな羽衣を連れて、恭司は洞窟まで向かった。

「もう、どうしたの？」

羽衣は目を擦りながら、何とか恭司についてくる。

「いつも我儘(わがまま)に付き合っているのだから、今夜くらいは付き合え」

「それは、良いけれど。志信のところに行くの？　母上たちと一緒になってしまうけど、大丈夫なの？」

むしろ、その母上が、羽衣を連れてくるように命じたのだ。恭司は羽衣の手を引いたまま、翼を広げて、洞窟へと下り立った。

「少し静かにしてくれるか？」

羽衣は不思議そうに瞬きをしてから、小さく頷(うなず)いた。

息を潜めて、洞窟の奥に進めば、恭司たちの耳に、か細く、美しい、小鳥の囀りが聞こえてきた。

天涯島では、このような夜更けに小鳥の囀りが聞こえることはない。

だから、否応なしに、それが人間の声である、と理解してしまう。

これは囀りなどではない。虐げられる者が、助けを求める悲鳴だった。

(はじめて、志信に会ったとき、声までも美しい人と思った)

あのときよりも痛々しく、憐れみを誘う声だった。しかし、そんな声すらも、美しい、と感じてしまったことに、恭司は衝撃を受ける。

苦しんでいる友人の声を、どうして、美しい、と感じてしまったのか。

まるで、小鳥が蹂躙される姿を眺めて、胸の高鳴りを感じてしまうような、悍ましい気持ちだった。小鳥が美しければ美しいほど、地に落ちて、嬲られる姿を、可愛い、と思ってしまう残酷な感情だ。

光の射さぬ洞窟は、暗闇に包まれており、まるで夜そのものだった。六番様の血を引く恭司たちにとって、最も良く、見通すことのできる場所だった。

目を凝らさなくとも、はっきりと見えてしまう。

いっそ、いまが真昼で、この洞窟が太陽の当たる場所であったならば、恭司たちは惨たらしい光景を見ずに済んだ。

六久野の者たちが、複数人、格子の内側に立っていた。

恭司たちからは背中しか見えないが、全員よく知った人々である。

彼らの向こうに、生白い腕が見えた。まるで助けを求めるように、宙に伸ばされている手が、指が、小刻みに震えている。

幼かった恭司は、目の前で何が起きているのか、半分も理解できなかった。

だが、半分も理解できなくとも、それがまぎれもない暴力であることは分かってしまうのだ。

恭司たちの友人が、身も心も踏みにじられるような、ひどい目に遭わされている。

(きっと、こんなことが、何度も繰り返されてきた)

六久野の者たちと違って、志信は夜目が利かない。暗闇の中、顔も見えない相手から、一方的に嬲られてきた。

彼のあげる悲鳴も、助けを求めるように伸ばされた手も、報われることはなく、今日まで至った。

「志信」

隣から聞こえた声に、恭司は我に返った。

羽衣の瞳は、残酷なほどはっきりと、虐げられる志信を捉えていた。

「見るな」

恭司は、悍ましい光景を遮るために、羽衣の目を塞ごうとする。

「やめて」

気圧されて、恭司は腕を引っ込めた。

その間も、志信の苦しげな悲鳴は止まず、恭司の胸をずたずたに切り裂いた。こんなにも助けを求められているのに、恭司には応える力がなかった。

「ねえ、恭司。どうしたら、志信を自由にしてあげられるのかしら？」

羽衣の声は、息をひそめるように小さかったが、絶対的な力を持っていた。

羽衣よりも少しばかり年上で、物事の分別がつくようになった恭司には、今は無理だということが分かった。

志信を解放したくとも、恭司たちには希望を通す力がない。

たとえ、いま飛び出したところで、志信は自由になれない。むしろ、恭司たちのせいで、さらに酷い目に遭わされるかもしれない。

「大きくなったら、きっと」

両親たちの世代ではなく、恭司や羽衣が、六久野の実権を握ることができたら、こんな悍ましい真似は終わらせることができる。

暗闇に閉じ込められて、ただ踏みにじられることしかできない綺麗な小鳥を、解放してあげることができる。

「きっと？　いいえ、絶対よ。絶対に、志信を外に出してあげるの」

夜が明ける頃、志信を嬲っていた者たちは去った。何食わぬ顔で、今日も一族の者として過ごすのだろう。

(何もやましいことなどない、という顔で、俺たちに笑いかける。志信に酷いことをした手で、俺たちの頭を撫でる)

もう、恭司には無理だった。何も知らなかった頃のように純粋な気持ちで、一族の人間を慕うことはできない。

(でも、俺も同じだ)

友人が苦しむ様を見て、憐れみや怒りではなく、気持ちを高ぶらせた。綺麗な小鳥が踏みにじられる姿に、美しさなんてものを見いだしてしまった。

これでは、志信を閉じ込め、苦しめている一族の者たちと変わらない。

恭司の隣で、志信のことを案じていた羽衣とは違う。

(なんて、なんて醜い。だから、せめて)

羽衣の力になろう。

そうして、いつか志信を外の世界に連れ出すのだ。それだけが、こんなにも醜い気持ちを抱いてしまった自分にできる、唯一の償いだ。

「志信！」

岩陰から飛び出した羽衣が、志信に駆け寄っていく。

志信の生白い手が、太陽の光さえ射さぬ闇に浮かびあがっていた。羽衣は迷わず、格子越しに、その手を摑んだ。

びくり、と身体を震わせて、手を引っ込めようとする志信に対して、羽衣は譲らなかった。

羽衣の青い瞳が、暗がりで爛々と輝く。

「いつか！　いつか、わたしたちが、志信を外に出してあげる」

「外に出ることなどできるわけない。見ていたのだろう、聞いていたのだろう？」

「ええ。見ていたのよ、聞いていたのよ。……っ、あなたが助けを求めるように手を伸ばしたのも、声をあげていたのも！　志信。あなたは、とても勇気がある人よ。誰かに助けを求めることができるのだから」

羽衣の言うとおりだった。志信は、何もかもに絶望して、人形のように心を閉ざした方が、よほど楽になることができたはずだ。

その道を選ぶことなく、暗がりのなかでも己を保っている。

虐げられながらも、自分を見失わなかった。恭司たちが六久野の子と知りながらも、優しく接し、力を分け与えてくれようとした。

「わたしと恭司が、あなたの声を聞いて、あなたの手を掴むの。怖いことも、恐ろしいことも、ぜんぶ終わりにする」

「……終わったところで、何になる？　何処にも行けない」

宮中から見捨てられて、六久野に放り投げられた皇子は泣き笑った。

「いいえ、何処にだって行ける。それでも、志信が何処にも行けないって言うのなら、わたしと恭司が連れていく。あなたの行きたい場所まで」

わたしたちには翼があるのだから、と羽衣は言った。

豪奢な振袖が、ふわりと浮かんで、羽衣の背中に大きな翼が広がる。

夜目の利かない志信には、まともに羽衣の姿など見えていないだろうに、その瞳には、翼を広げる少女の姿が映っている気がした。

「わたし、志信のことが、恭司のことが大好きよ。だから、三人で一緒にいたい。もし、それが許されないのなら、……二人以外、ぜんぶ捨てたって良いの。三人で、幸せになれる場所に行きましょう」

それは幼さ故の、夢見がちな言葉だった。それでも、羽衣は心の底から、その言葉を信じて、叶えようとしていた。

ならば、恭司も叶えよう、と努力したかった。

「誰も許してくれないなら。そうだな、外つ国なんて、どうだ？」

夢物語かもしれない。だが、もしかしたら、恭司たちの知らない場所でならば、三人で生きることが叶う気がした。

「わたしも、恭司も約束するわ。必ず、あなたを望む場所に連れてゆく。だから、いつか三人で暮らしましょう？」

羽衣は、まぶしいくらいの笑顔を浮かべた。

ただ、何十年も経ってから、その笑顔こそが、志信を追い詰めたのではないか、と恭司は思うのだ。

羽衣の笑顔は、誰かに夢を見させるには、希望を与えるには十分すぎた。

いつかの希望を与えるほどに、優しい夢を見させるほどに、志信は虐げられる日々に耐えられなかった。

運命の悪戯か。後に、帝位から遠く離れていたはずの志信は、宮中に呼び戻され、即位することになる。恭司たちが一族の実権を握るよりも先に、六久野から解放されたのだ。

だが、その頃には、志信の心は取り返しのつかないことになっていた。

誇り高く、気高い人の心を壊してしまうほど、六久野の犯した罪は残酷だった。


亡びゆく故郷を見下ろして、恭司はすべてを覚った。

山の裾野につくられた町が壊されてゆく。一直線に、六久野の本家へと向かってくる軍勢は、そのうち全てを奪い尽くす。

恭司は空を見上げる。逃げようにも、逃げることなどできない。

はじまりは、一族の者たちが、次々と体調を崩していったことだった。多くの者たちが、空も飛ぶことができぬほど弱ってしまった。

流行病も疑われたものの、攻め入られている今を思えば、違ったのだろう。

毒でも盛られたのか。はたまた、類似する何かか。

いずれにせよ、六久野を逃さず、亡ぼすために仕組まれたことだったのだ。

そして、六久野を亡ぼすとしたら、一人しかいない。

（つらく苦しかった日々を、なかったことになどできるはずもない。この土地で受けた屈辱を、虐げられていたことを、志信は忘れない。忘れることなどできなかった）

「志信」

隣に立っていた娘の声は、わずかに震えていた。

羽衣。六久野の姫君。

いずれ恭司を婿に迎えて、六久野の当主となるはずだった娘は、太陽の良く似合う、からりとした笑みを浮かべた。

眼下で繰り広げられる、惨たらしい光景には似合わない表情だ。

それは覚悟を決めたものの笑顔だった。

「ぜんぶ、捨てたって良かったの。三人で生きることができるのなら、六久野の血も要らなかった」

「羽衣！」

一族で最も色濃く、神の血を引いている娘が、自らの身に流れる血を否定するのか。

かつて、当主が語ったように、羽衣は恭司とは違った。

恭司は、六番様の血にこだわり、六久野という在り方を捨てられない。しかし、羽衣は血よりも、自らの心を重視する。

ただ、心のままに、大切にしたいものを優先する。

「ねえ、恭司。約束を叶えましょう?」

——いつか三人で暮らしましょう?

あの日の羽衣の声が、柔らかで、優しい響きとともによみがえる。

「叶うわけない」

「いいえ。叶えるのよ、志信の隣で」

「……俺は」

「あなたも一緒よ。最期まで」

羽衣は、宮中に連れてゆかれるときも抵抗しなかった。涙のひとつも見せず、凛(りん)とした顔で、志信の前に立った。

◇◆◇◆◇

血の、肉の、朽(く)ちてゆくような臭(にお)いがする。

翼をもがれて、膿(う)んでしまった傷口から、全身が少しずつ腐っていくような悍(おぞ)ましさに、恭司は身を震わした。

ただ、痛い、とだけは、口が裂けても言えなかった。

額に脂汗を滲ませながらも、歯を食いしばっている少女を見ていたら、恭司が泣き言を零すわけにはいかない。

「羽衣」

真っ白な衣、少女のなだらかな肩甲骨あたりは、赤黒い血で染まっている。翼だけでなく、周辺の皮膚も、必要以上に傷つけられたからだ。

(仕方ない。刃物を握ったこともない男が、無理やり、翼を抉り出したのだから)

他の六久野の子どもたちと違って、羽衣と恭司の翼を奪ったのは志信だった。

あの細い、ろくに力の入らないであろう手では、何度も、何度も刃を滑らせて、少しずつ翼を落とし、付け根を抉るしかできなかった。

苦しみ、もがく恭司と違って、羽衣は悲鳴のひとつもあげなかった。その強い眼差しに、かえって、志信の方が苦しそうだった。

「痛いわ、恭司」

「背中が痛むのか?」

「いいえ。志信の心が、痛い、と泣いているのよ。ずっと、ずっと泣いているの」

羽衣は青ざめた頬に、一筋の涙を流した。

背中に血を滲ませながらも、その痛みに泣いているのではない。その翼を奪った相手を想って、あるいは、その男の代わりに彼女は涙する。

憎くないのか、すべてを奪った男が。

恨めしくないのか、俺たちの尊厳を奪った男が。

そんな風に問うことさえも、恭司にはできなかった。何故ならば、恭司たちは、誰よりも深く知っていた。

六久野により、すべてを奪われて、尊厳もなく、ただ踏み躙られるだけだった志信のことを。

どうして、憎しみだけで、恨みだけで、あの男を責めることができるのか。

「ねえ、わたし、あの人が大好きよ。あなたも同じでしょう？　恭司。だって、わたしたちは、いつも同じものを好きになるのだから」

泣くまい、と思っていたのに、恭司は堪えきれず嗚咽する。

三人で交わした約束が、いまも恭司の心から消えてくれない。

三人の想像の中にあった、外の世界。

自由に生きて、自らの在り方に縛られることなく、生きてゆける。

ただ、愛する人を、愛している、と言う。そんな単純で、何よりも強い想いが、誰にも咎(とが)められることのない世界だった。

いつか、そんな場所に行きたいと願いながらも、心のどこかで、恭司も志信も分かっていた。

そんな場所、夢の中にしかないことを。

自分たちは血に囚われて、何処(どこ)にもゆくことができないことを。

(本気で、いまも心の底から信じているのは、きっと)

きっと、羽衣だけだった、と今でも恭司は思っている。

五.

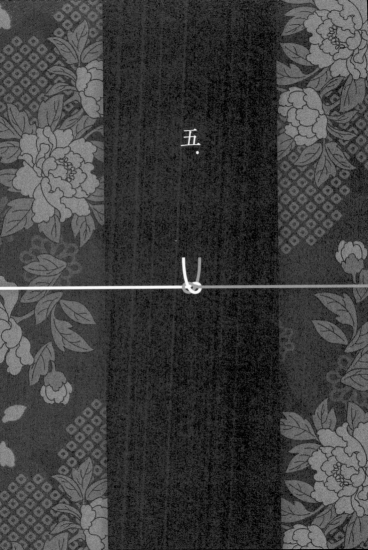

そうして、恭司は語り終える。

誰も救われることのなかった昔話を。

(わたし、ずっと勘違いしていたんだ)

恭司と帝の関係を、はじめから見誤っていた。

憎しみだって情のひとつだから、簡単に割り切れるものではない。そんな風に思っていたが、そうではなかった。

当然、故郷を亡ぼされた憎しみだってあるだろう。

だが、それ以上に、恭司は帝のことを愛しているのだ。天涯島に囚われていた美しい人のことを、今日に至るまで慕っていた。

だから、決して離れることなく、帝に寄り添い続けた。

「恭司様は、帝を救いたかったの？　苦しいことから、ぜんぶ」

子どもの頃も、今も、芯のところは変わらない。恭司の胸には、いつも救いたくとも、救うことのできなかった人の姿があった。

その想いは、恭司だけでなく、今は亡き羽衣姫も同じだったのだろう。

「志信を苦しみから解放してやることが、俺と羽衣の願いだった。だが、俺たちは、志信を救うことができなかった。俺たちが一族のなかで力を得るよりも先に、志信は自分の手で報復した」

恭司は声を震わせる。幼かった自分たちでは、間に合わなかった、と。

「先帝が病に倒れて、皇子たちも相次いで死んだことで、志信は宮中に呼び戻された。即位した志信が、いちばんに行ったことが六久野を亡ぼすことだった」

恭司は目を伏せた。

瞼の裏には、当時の惨劇がよみがえっているのかもしれない。

男は首を刎ねられ、女は攫われ、――恭司や羽衣たちのような子どもは翼を奪われた。

かつて、六久野が亡びたときのことを、恭司はそのように語った。

今上帝は、自分の尊厳を奪い、虐げてきた相手を許さなかった。

故に、長きに渡る在位で、六久野と同じ神在のことを嫌い、憎み続けた。

「六久野が亡びた日を忘れることはない。惨い光景だった。だが、羽衣は、決して志信のことを悪く言わなかった。……ばかな女だ。あいつが志信を虐げたわけではないのに、一族の罪を背負って、宮中に囚われることを受け入れた」

「羽衣姫様は、帝のことも、恭司様のことも愛していたんだと思う」

愛していたから、宮中にいることを受け入れた。そうすることで、帝だけでなく、同じように故郷を失った恭司の傍にもいられる。

たとえ、宮中が地獄のような場所だとしても、二人と共に在るために迷わなかった。

「そのようなこと、お前に言われずとも良く知っている。……だから、分からない。どうして、羽衣が隠してしまったのか」

「旧き女神との、契約の証に遺されたものを？」

それは、国生みの契約を支える物のひとつだったという。

神の力をもって《悪しきもの》に抗い、亡びの運命をねじ曲げてきた此の国にとって、決して、揺らいではいけない契約だ。

「あれがなければ、火患いは治まらない。これからも、きっと宮中や帝都に限らず、様々な土地で、禍は顕れるだろう。羽衣は、いったい何をしたかったのか」


「此の国を亡ぼしたかったのだろうよ」


振り返れば、邸に入るとき、二手に分かれた志貴の姿があった。

「志貴様」

志貴は邸から中庭に下りると、早足で、真緒たちの近くに寄ってくる。空気がひりつくような緊張が走って、志貴の怒りが伝わってくる。

だが、怒りを向けられている恭司は、何てことのないような顔をしていた。

「お久しぶりですね、志貴様。しばらく、お姿をお見かけしなかったので、とうとう地獄に向かわれてしまったとばかり。あなたの友と同じように」

恭司は大仰な仕草で、地面を——正確には、地の底を指さした。

人は死んだら何処へ行くのか。誰も知らないが、一説に依れば《悪しきもの》が封じられる地獄へ向かうという。

恭司は、お前の友は地獄へ堕ちたのだ、と、志貴の神経を逆なでした。

「お前が、瞑のことを語るな」

亡くなった親友を貶められて、志貴は声を荒らげた。

「志貴様が語ることこそ、おかしな話でしょう？　神の血を引かぬあなたには、神在の気持ちなど分からないのですから。あなたの友は、あなたが思うよりも、ずっと悍ましい男だったはずです。……生き残ってしまわれたのですね、志貴様」

「残念ながら、な。帝やお前は、俺の生死など興味ないのだろうが。お前たちは、いつもそうだ。自分たち三人のことばかりを、いちばんに考える。だから、六久野の人間は、宮中の連中から嫌われた」

「あなたの母が、そうだったように？　羽衣のことを、いつも呪うように見つめていらっしゃった」

恭司の態度が気に障ったのか。

畳みかけるように、恭司を糾弾するように、志貴は唇を開く。

「呪いもするだろうよ。いちばん愛してほしかった帝は、羽衣姫やお前のことしか見ていなかったのだから。――それだけ愛されていたというのに、此の国を亡ぼそう、と思うとは。とんでもない悪女だったな、羽衣姫は」

「志貴様！」

故人を貶めるような物言いに、耐えきれず、真緒は叫ぶ。だが、志貴は苛立たしそうに前髪をかきあげるだけで止まらない。

「それで？　羽衣姫の形見とやらは見つからず、国生みの契約は揺らいで？　宮中を襲った炎も治まることはない。どう、落とし前をつけるつもりだ」

「俺の首で」

事もなげに恭司が言えば、ますます志貴は怒りをあらわにする。

「笑わせるなよ。お前の首に価値があると思っているのは、お前の命を惜しいと思っているのは帝だけだ！　今さら、お前の首であがなえるものなど何一つない。……俺の異母弟は、羽衣姫の子は、どこにいる？　お前が隠したのだろう」

「まさか、あなたまで世迷言をおっしゃるのですか？　羽衣の子は死にましたよ。俺が遺体を暴いて、その死を確かめた」

「そんなもの、いくらでも誤魔化せる」

「誤魔化す必要がありますか？　羽衣の子は、決して帝にはなれない。生きていようが、死んでいようが、志貴様が即位するために邪魔になる子ではなかった。羽衣の子には、六久野の、すなわち神在の血が流れている」

帝位に即くことができるのは、神の血を引かぬ皇子だけだ。その考えに則るならば、羽衣姫の子は、皇族として正統ではなかった。

「それすらも狙いだったのだろう。羽衣姫の子が帝となれば、国生みの契約にさらなる綻びが生じるのではないか？　根幹が揺らいでしまう。此の国を亡ぼしたいのならば、そうするべきだ」

「何を言っても無駄のようですね。では、あなたの言うとおり、羽衣が国を亡ぼしたかったとして。それの何が悪いのですか？」

「此の国が《悪しきもの》に呑まれたとき、どれだけの者たちが犠牲になるか、想像できないのか？　俺は運良く助かった。だが、多くの者は《悪しきもの》には勝てない。あれは禍だ、人の手には負えない！　だから、お前たち神在がいるのだろう！」

「神の血を引かぬ者たちは、俺たちのことを守らなかった。六久野に毒を流し、天涯島の亡びに加担したのは神無の領民でしたよ。それでも、あなたの言う《多くの者》を、守らねばならぬのですか？」

「それが、力を持って生まれた者の役目だ」

「あなたに似合わぬ綺麗事ですね。志貴様、俺には本当に、何が悪いのか分からないのですよ。此の国には、もう半分も神は残っていない。此の国はいずれ亡びる。遅いか早いかの違いで……」

「違う」

思わず、真緒は声をあげた。

「何が違う？」

恭司が面白そうに片眉をあげる。

「此の国は亡びる？　違う。本当は、もう亡びてしまったんだよね。……此の国は、亡びの運命を歪めてきたんじゃない。一度は亡びてしまったから、一番目から百番目までの神様が生まれた」

それは、すでに仕立てられた衣を、糸を解いて反物に戻し、別の衣に仕立て直すような行為だった。

志津香（しづか）が、自らの小袖（こそで）を解（ほど）いて、真緒のために仕立て直してくれたように。

亡びの運命を辿（たど）ってしまったから、やり直そうとしたのだ。

「悪しきものによって亡ぼされてしまったから、悪しきものを封じることで、国を生み直したの。もう亡ぼされないように」

前提からして、間違っていたのだ。

此の国は、一番目から百番目までの神によって、悪しきものに亡ぼされる運命を回避していたのではない。

本当は、一度は亡びてしまったから、神様を生むしかなかったのだ。

真緒たちは、当たり前のように、一番目から百番目までの神が生まれた日こそ、全ての始まりと思っていた。

だが、本当の意味での始まりは、それこそ、旧（ふる）き女神がいた頃なのではないか。

「一番目から百番目までの神様が生まれたのは、悪しきものを封じるため。そのために、《旧き女神》が生み出した。神が生まれて、国は生まれた。……でも、旧き女神がいた頃は？　そのときに国はなかったの？　帝の先祖が、旧き女神と契約を交わしたってことは、そこに暮らす人々がいたわけだよね？」

国生みよりも、さらに遡（さかのぼ）った時代。そこにも人々の営（いとな）みがあったのではないか。

「頭の足りない娘だと思っていたのだが、存外、鋭い。いや、七伏の血が、そうさせるのか？　本質をよく捉えている」

「悪しきものは地の底にある。神様の力を借りて、それを封じているって言うけれど。そこに在るだけだったものが、勝手に溢れるなんてことあるのかな？　無理に押さえつけているから、押さえがなくなると溢れちゃうんだよね？」

真緒の脳裏には、自分が教えられてきた《悪しきもの》に関する話が浮かんでいた。

平屋に幽閉されていた真緒は、あまりにも世間知らずで、此の国の人々が当然のように知っていることを知らなかった。

悪しきものに対する意識も、十織に嫁いでから形成された。

今まで、教えられるがままに受け入れてきたが、《悪しきもの》に対する話は、あらためて考えてみると違和感があるのだ。

そこに在るだけのものは、そこに在るだけのもの。

何かしらの力が働かない限り、溢れるようなことはない。

悪しきものは、もとの姿に――此の国を亡ぼしたときの姿に、戻ろうとしているだけなのだ。

「そうだ。国生みというが、実際は生み直しだった。奇妙だと思わなかったか？　国生みの話をすると、多くの者たちが、一番目から百番目までの神様が生まれた、という。だが、どうして国が生まれたのかを語らない。それを疑問に思ったところで、亡びたときの記録は秘されている」

そうして、国生みの話は、公には語られることなく、限られた者たちのなかでのみ共有されていった。

「長らく国を鎖していたのも、そのためですか？　いくら離れているとはいえ、外つ国には、国生みよりも前の記録が残っているかもしれません」

終也は顔をしかめる。

此の国は、長きに渡り、外の国々との交流を絶っていた。正確には、限られた人間しか交易を行っていなかった。

「それも、理由のひとつではあるな。……志貴様、帝位が欲しいのならば、そのまま待っているだけで良いでしょう。帝が死んだら、あなたを担ぎ上げるしかなくなる。一ノ瀬あたりだって、あなたに協力するでしょう」

「あいつらが？　俺が帝になるのを認めなかったのは、向こうだろうが」

「あなたが《火患い》に巻き込まれたから、様子見をしたのでしょう。あれでいて、一ノ瀬は国の亡びを望んでいるわけではありません。帝には、神在の血を混ぜてはいけないことも、よく知っています」

「火患いは？　引っかき回すだけ回して、そのまま死ぬつもりか」

「それは申し訳なく思いますが、俺はずっと前から決めていました。死ぬのならば、志信と一緒だ、と」

恭司は凪いだ海のような顔をしていた。彼は、とうの昔から覚悟を決めていて、揺らぐことはないのだ。

恭司は、はじめから帝とともに死ぬつもりだった。

だから、帝が死に瀕している今、罪人として追われようが、裁かれようが、構わないと思っている。

帝の命が尽きるとき、恭司の命も終わるのだ。

◇◆◇◆◇

天涯島を訪れる前から、終也は知っていた。

六久野恭司は、自分の望みのためならば、それ以外を切り捨てることを。

「ああ。やはり何も残ってはないな。羽衣の形見など隠しようもない」

まるで自分に言い聞かせるように、恭司はつぶやく。

あの後、志貴は頭を冷やしてくる、と姿を消した。そして、終也と真緒は、恭司の言うところの羽衣姫の形見探しに付き合うことになった。

かつて、六久野の本家だった邸には、めぼしいものが何も残っていなかった。人が住まなくなり、傷んだ、というだけの話ではなかった。

そもそも、物自体が奪われて、持ち去られてしまったのだ。もしかしたら、六久野が亡ぼされた後、領民たちが盗んでいったのかもしれない。

「子ども心に、華やかな邸だったことを憶えているんだ。それが当然とも思っていた、自分たちは特別だから、と」

そのような考え方が、六久野と領民たちの分断を生んだのだろう。

町で暮らす領民たちは、自分たちが見下されていることを理解していた。六久野の亡びに加担したのも、もともと、六久野に対して悪感情を持っていたからかもしれない。

「傲慢ですね」

「傲慢なのが、神在だろう？　そういう意味では、お前は弱くなったな。帝都にいた頃のお前ならば、俺を追いかけてこなかったはずだ。俺が罪人として裁かれようとも、死のうとも、黙って受け入れただろう？」

「恭司様。それは違うと思う」

「奥方は黙ってくれ。いまは終也と話しているのだから。なんだ？　友人との最後の思い出づくりにまで、口を挟むつもりか？　散々、終也のことを引っかき回して、弱くしておいて」

「僕は、自分が弱くなった、とは思っていませんよ。むしろ、人の世で生きてゆくための強さを、真緒から与えてもらっている途中なのだ、と」

「本気で、人の世で生きてゆく、と思っているならば、めでたい頭になったものだ。できるのか？　愛する者に置き去りにされるのは、胸を裂かれるような痛みだ」

置き去りにされた男の言葉は、確かな説得力を持っていた。

羽衣姫が死んで、それでも生きてゆかなくてはならなかった恭司の心を思えば、穏やかではいられない。

「ええ、とても痛いのでしょうね。でも、良いのですよ。痛みさえも、きっと僕を生かしてくれます。僕の未来に寄り添う、優しい傷になってくれるでしょう。――あなたのことも、おそらく」

恭司は苦笑する。

「俺の死さえも、お前を生かす、と？」

「僕は、あなたと出逢ったことを後悔しません。互いに一番にはできなくとも、僕とあなたが友であったことに変わりはないでしょう。……僕は、あなたが望みを叶えるならば、それが一番だと思っています」

真緒は悲しそうに目を伏せた。彼女も分かっているのだろう。覚悟を決めた恭司が、もう止まらないことを。

「僕は、あなたを選ぶことはできません。でも、あなたの望みが叶った日には、その墓前に、花を手向けることだけは許してくださいね」

六久野恭司は、帝とともに死ぬ。決して、帝を一人にはしない。

（笑え。恭司は望みを叶えるのですから）

終也は知っている。

恋をしたら、欲しいものを諦められない。愛してしまったら、その愛に命すらも賭してしまうのが神在なのだ。

恭司が恋をしていたのは、羽衣姫だけではなかったのだろう。

心の柔い部分で、いつも想っていたのは、一人ではなく二人だったはずだ。

「墓参りに来るならば、花ではなく甘味にしてくれ。腹の足しにもならん花よりも、その方が嬉しいからな」

「花絲(はないと)で、評判の甘味を探しておきます」

「楽しみにしている、と言いたいところだが。お前は甘味には興味がないだろうから、お前が選んだものは心配だ。奥方に選ばせてくれ」

「失礼ですね、僕にだって選べますよ。他には？　最後の望みくらい、叶えられるものならば叶えさせてください」

恭司は顎(あご)に手をあて、しばし考え込む。

「では。宮中に向かう前に、花絲の街で、ひとつ願ってもいいか？　羽衣への手向けが欲しい。叶うならば十織(とおり)で織られたものを」

「羽衣姫様に向けた、衣、ですか？」

「衣を用意してくれとは、さすがに言わない。もう時間も残されていないからな。ただ、もし奥方の織った反物(たんもの)があるならば、譲(ゆず)ってもらいたい。街一番の機織(はたおり)が織ったものならば、羽衣も喜ぶだろう」

「構いませんか？　真緒」

「もちろん。恭司様が選んでくれる？　きっと、恭司様が、いちばん良く知っているでしょう？　羽衣姫様の好きなものを」

「ああ。俺が選んだものなら、羽衣は必ず好きになるだろう。俺たちは、いつも同じものを好きになったから」

恭司は、悔いのない、晴れやかな笑顔を浮かべた。

六.

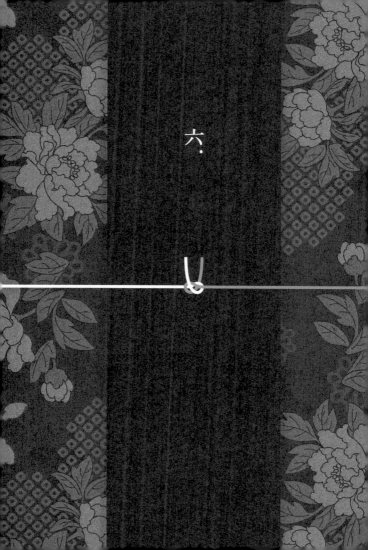

京行の列車に揺られながら、真緒は眠気を堪えるよう目を擦った。

「少し休みますか？　花絲につくまで、まだ時間もかかりますから」

隣に座っている終也が、心配そうに顔を覗き込んでくる。

「なんだ、奥方はずいぶん体力がないのだな。神在だろうに」

向かいにある長椅子から、揶揄するような言葉が飛んでくる。

真っ黒な軍服の襟元を緩めて、足を組んだ恭司は、にやにやと笑う。腰に佩いていた軍刀は、無造作に床に置かれており、少々、気の抜けたような姿であった。

「……恭司様、どうして、軍服なの？」

眠気を堪えているせいか、つい、気がそぞろになって、いまは関係のないことが頭に引っかかってしまう。

「うん？　よく、これが軍服と分かったな」

世間知らずのくせに、と恭司は零した。

「少しずつ勉強しているの。恭司様、軍人さんだったの？」

白牢にいたとき、志貴から《軍部》という言葉を聞いたことがあった。

あのとき、知識が足らず、情けのない返事をしてしまったので、花絲に戻ってから志津香に尋ねたのだ。

彼らは、帝都を中心に、此の国の安寧を守っている人々だという。

古くは複数の組織があり、それぞれに別の名を持っていたそうだが、いまは統合され、《軍部》とだけ呼ばれている。外つ国から入ってきた真っ黒な詰襟の装いをしているから、誰が見ても一目で分かるそうだ。

また、神在も神無も所属している組織であるものの、実態としては、一ノ瀬という神在の支配下にある、とも教えられた。

（恭司様は、自分の役職のこと、名前が長すぎて憶えられないって言っていたけど。軍部にある役職だったのかな？）

そうであるならば、今の恰好も納得できる。

「いや、軍部に属したことはない。これは伝手を使って、盗んできたものだな。この恰好をしていると、移動のとき怪しまれない」

真緒は目を見張る。盗むという言葉に、眠気が吹き飛んでしまった。

「周りの目を欺くためですね？　ふつうの人々は、軍人を見かけても遠巻きにするだけで深入りしません。あなたを追っていた者たちに軍部も含まれていたならば、隠れ蓑にもなります。……軍人を騙るなど、どう考えても重罪ですが」

「今さら罪のひとつやふたつ増えたところで、大した問題ではない。それに、俺の罪が増えた方が、志貴様にとって都合が良いだろう？　宮中に帰るならば、手土産は多ければ多い方が良い」

列車に乗って早々、志貴は別の客室に籠もってしまった。

太陽みたいにからりとした笑みを浮かべる男は、まるで怒りを抑えるように無表情を貫き、恭司に視線を遣ることもなかった。

花絲で、羽衣姫に手向ける反物を選んだ後、恭司は宮中へ向かう。そして、恭司を宮中まで連れてゆく役目は、志貴が担うことになった。

罪人を連れて宮中に戻ることで、次の帝としての足場を固めるために。

志貴の心中は穏やかではないだろうが、次の帝は、やはり志貴しかいない。

帝位を継ぐのは神の血を引かぬ皇子という意味でも、他に生き残っている皇子がいないという意味でも、志貴こそがふさわしい。

（死んだ人は、よみがえらない。それだけは、どんな神様にもできないことだから）

死に瀕して、心を乱した帝は、亡くなった羽衣姫の子を後継に望んでいる。

しかし、決して叶わぬ願いなのだ。真緒たちは、羽衣姫の子の生存を疑っていたが、恭司が語るに、間違いなく、その皇子は亡くなっていた。

「実際のところ、宮中は志貴様のことを認めるのですか？」

「反発はあるだろうが、そのうち治まる。今上帝が亡くなってしまえば、宮中の情勢も大きく変わる。それなりの役職に就いている者たちなら、帝の血筋の重要性も分かっているから、志貴様のことも認めざるを得ない」

「神在の者たちは、どうなのですか？」

「今上帝のように、過剰に神在のことを嫌わないならば、歓迎するのではないか？　志貴様は、苛烈な面もあるが、神の血は一滴も引いていない。ちゃんと人の心がある。神在にとって都合の良い帝とはならないだろうが、悪くはないはずだ。良かったな、終也。今よりも生きやすい時代がくる」

やがて、列車は京へと到着する。四人は、そのまま、京に寄り添うようにつくられた花絲の街まで移動した。

十織邸に戻った頃には、すっかり夜も深まっていた。

煌々と明かりが灯された門には、志津香の姿があった。真緒たちの姿を見るなり、彼女は頭を下げる。

「おかえりなさいませ、御当主様。……客間の用意が必要？　それとも、もっと長く使える部屋が必要でしょうか？」

志津香は、兄としてではなく、当主としての終也に問いかける。

「客間で結構です。今宵、十織に立ち寄られたのは、流れの旅人です。明日には、もう帝都まで旅立ちます。……そういうことにしてください」

顔をあげた志津香は、一瞬だけ、切なそうに瞳を揺らした。

「かしこまりました。すぐに、ご用意いたします」

「志貴様。いま部屋を用意させますので、それまで、邸の中でお寛ぎください。妹に案内させます」

志貴は、わざとらしい溜息をつく。

「それは助かる、さすがに疲れたからな。それで？　帝都に向かわず、一度、花絲まで戻ってきたのは、恭司の我儘なのか？」

はっとして、真緒は慌てて口を開く。

「反物を選んでもらうんです、羽衣姫様に手向けるための」

花絲に戻る理由について、志貴には何も説明していなかった。それにもかかわらず、天涯島から花絲に戻るまで、彼は黙って、真緒たちに付き合ってくれたのだ。

やはり、この皇子は優しさを知っている人だった。

苛烈な面もあるが、決してそれだけではなく、情に厚い部分もある。

「なるほど。十織の反物には、魔除けの力が宿るから、か？　とうの昔に、地獄に行ってしまった女に効くのか分からないが、気休めにはなるのだろう。あるいは、それで帝の機嫌でも取るつもりなのか？　どちらにせよ、興味はないが」

志貴は面倒くさそうに吐き捨てる。そうして、志津香に案内されるまま、十織邸へと消えていった。

「ふむ。ずいぶん、志貴様の機嫌を損ねてしまったらしい」

「当たり前でしょう。……真緒、恭司に反物を見せてやってくれますか？　君が、個人的に織ったものをいただいて、申し訳なく思いますが」

「気にしなくて良いのに。わたし、すごく嬉しいの」

「嬉しい？　また奇妙なことを言う。羽衣は罪人だ。そんな女に贈る反物として、自分の織ったものが選ばれるなど、不名誉なことではないか？」

意地の悪い言葉だった。おそらく、わざと、恭司はそのような言い方をした。

真緒を傷つけるためではない。まるで羽衣姫や自分のこと——何よりも、六久野の犯した罪を嘲るように。

「不名誉だなんて思わない。わたしは、自分の織ったものが、誰かの幸福を祈るものであったら、嬉しいの」

真緒にとって、織ることは、誰かの幸福を祈ることでもあった。たとえ、その人が罪を犯したとしても、その人の幸福を祈る者がいるならば、織るだろう。

恭司は嘘つきだった。火患い(ひわずら)のことを知りながらも、素知らぬ顔をしていた。

それでも、羽衣姫の死を悼(いた)み、その幸福を祈っていた気持ちは、嘘ではないはずだ。羽衣姫だけでなく、帝も含めて、恭司は愛していたのだ。

「やはり甘ったるい娘だな。俺は好かない」

「それで良いの。恭司様は、わたしのお友達ではないから」

終也にとって、かけがえのない友人であるならば、それで良かった。

たとえ、恭司が死にゆく帝と運命を共にするつもりだとしても、終也の友人であることに変わりはない。

真緒たちは、三人連れだって、十織邸の蔵に向かった。

敷地内には、糸が保管されている土蔵の他、織りあがった反物を納めている蔵がある。十織家が依頼として受けたものではなく、真緒が個人的に織っていた反物も、売りに出すまでは、この蔵で保管されていた。

「好きなものを選んで。恭司様が選んだものなら、羽衣姫様も好きなんだよね？」

恭司は、しばらく反物を眺めた後、薔薇(ばら)の織り出された反物を指さした。

黒地に、青い糸を用いて、大輪(たいりん)の花を織り出したものだった。この頃、外つ国の花が流(は)

行っていると聞いて、織ってみたものである。

「青い薔薇など見たこともない。だが、外つ国には、青い薔薇もあるのだろうか？」

真緒は、恭司の問いに対する答えを持っていなかった。

青い薔薇を織り出したのは、そのとき使いたかった糸が、美しい青に染まっていたからに過ぎない。

「分からないけど。実際の花色を想定していたわけではなかった。いまは青以外の薔薇が入ってきているだけで、もしかしたら、外つ国には、青い薔薇もあるのかも」

真緒たちの知らない場所には、美しい青の薔薇が咲いているかもしれない。

「羽衣ならば、確かめに行こう、と言ったのだろうな。あれは、外つ国のことが好きだったからな」

恭司は懐かしむように、愛しい日々を思い出すように目を細めた。

そうして、別れを惜しむ暇もなく、瞬きのうちに夜が明けた。

麗らかな春の日差しが、十織邸の門を照らしている。

「志貴様は、先に街に向かわれたそうです」

「あの。神社で待っている、って」

志貴は、真緒たちには付き合っていられない、と言わんばかりに、先に花絲の街まで下りてしまった。

恭司とは、十番様を祀る神社で落ち合うつもりらしい。

「どうやら、本当に、機嫌を損ねてしまったらしいな。志貴様も、ずいぶん幼い真似をする。いや、実際、二十と少しの若造だから、幼子のようなものか？」

「それは、あなたのように長く生きている方に比べたら、志貴様も僕も、幼子でしょう。もちろん、そう思われるのは心外ですが。……歳は離れていても、僕は、あなたとは対等な友人のつもりでしたから」

軍服の襟元を直し、腰に佩いた軍刀を確かめながら、恭司は笑った。

「お前らしくない、殊勝なことを言う。世話になったな」

「僕は何もしていません。礼ならば真緒に」

「そうだな。感謝する、奥方。羽衣に手向けるものができた。何か望みはあるか？　反物の礼だ。俺にできることならば、できる限り叶えよう」

真緒はゆっくりと瞬きをした。

「なら、終也の望みを叶えてくれる？」

「真緒？」

「恭司様と、お別れするのなら。最後に、何か望むことはないの？」

おそらく、今生の別れになるだろう。このまま恭司と別れて、終也は後悔しないだろうか。何か、恭司に望むことはないのか。

「僕の、望みですか。それは」

終也は困ったように眉を下げる。望みが見つからないのではなく、それを口にすることをためらっているようだった。

「何を遠慮しているのか知らないが、さっさと言え。くたばってからでは、叶えてやれないだろう？」

恭司は呆れたように、わざとらしく肩を竦める。

「こんな状況になる前、あなたに尋ねたい、と思っていたことがありました。けれども、それは、あなたとは関係のないことだったので……」

「くどい。今さら何を言われても、何とも思わないから安心しろ」

恭司が悪態をつくと、ようやく終也は重たい口を開いた。

「十織の先代のことで、あなたに尋ねたいことがあったのです」

「お前の父親のこと？　亡くなっているだろう」

「ええ。落石事故だったと聞いています。悪天候の中、無理を通して移動したことで、巻き込まれたそうです。ずっと、そう思っていました。けれども、本当に？」

「事故ではなかった、と言いたいのか」

「もしかしたら、悪意ある誰かによって、殺されたのではないか、と」

真緒は弾かれたように顔をあげる。

（先代様が、殺された？）

真緒が嫁いだときには、すでに十織の先代は亡くなっていた。

ただ、十織の家族から、先代との思い出話を聞いていたので、真緒にとって遠い人ではなかった。

彼の遺してくれた織物を目にして、同じ機織として、敬愛の念も抱いている。

先代は、十織にとって、かけがえのない人だった。だからこそ、終也の口にした可能性を信じたくなかった。

「憶えている。先代が亡くなったことで、お前は十織の当主となるため、帝都から花絲に戻ったのだったな。それが、意図的なものだったのではないか、と疑っているのか」

終也は険しい顔のまま頷く。

「花絲に戻されてからの記憶は、正直なところ、あまりはっきりとはしていません。急なことで、あのときは本当にいろいろありましたから」

終也は言葉を濁したが、彼の口にしたいろいろには、おそらく母である薫子との確執も含まれている。花絲に戻ってきたばかりの終也は、謂れのない罪で、薫子から殺されそうになった。

終也が、先代のことを殺した、と。

取り乱した薫子は、そんな妄言とともに、終也の首に手を掛けたのだ。

「俺も、いつか言わねばならぬ、と思っていたことがある。ただ、そうだな。奥方には聞かせぬ方が良いだろう。あまり気持ちのいい話ではないから」

終也は意を決したように、歩き出そうとする。真緒は、思わず、その袖を掴んで引き止めてしまった。

「わたしも、一緒に」

「いいえ。恭司の友人は、君ではなく、僕なのでしょう？　ならば、僕が話を聞きます。そうさせてください」

真緒は、終也の袖を掴んでいた手を、そっと緩めた。

終也は、ゆっくりとした足取りで恭司に近寄る。真緒は、数歩離れた場所から、その背中を見守ることしかできなかった。

真緒は唇を嚙んで、小袖の襟元をぎゅっと握った。

終也の胸のうちを想像して、堪らなくなってしまう。恭司との別れに加えて、先代の死に浮上している疑惑だ。どちらにも、きっと終也は傷ついている。

やがて、恭司は何かを語りはじめる。

直後、ぐらり、と、終也の身体が傾いた。

「終也？」

何が起きたのか、真緒には理解できなかった。大きな音を立てながら、受け身も取ることなく、終也は背中から地面に倒れ込む。

「お前は、いつから、こんなにも甘くなった？　人を疑うことばかり得意だったろうに。やはり、その娘が、お前の目を曇らせたのか」

仰向けに倒れた終也が、苦しげに咳き込みながら、血を吐いた。

真緒は声にならない悲鳴をあげて、終也のもとに駆け寄る。

膝をついて、彼の身体を抱き起こそうとしたとき、真緒の小袖を生あたたかなものが濡らした。

終也の胸から、おびただしいほどの血が流れていた。肩から腰にかけて、大きくつくられた刀傷から、湧き水のように血がこぽり、こぽり、と溢れている。

赤い血が地面を汚してゆく様は、まるで悪い夢を見ているかのようだった。

切られた、と気づいたのは、恭司の佩いていた軍刀が、いつのまにか抜かれていたからだった。

「恭司様？　どうして」

真緒は声を震わせる。目の前で起きた惨たらしい出来事を、信じたくなかった。

「どうして？　なに、終也に頼み事があるだけだ」

「頼み事なら、そう言ってくれたら良いよね？　恭司様の頼みなら、終也はちゃんと向き合ってくれるよ。羽衣姫様に手向ける反物だって、そうだったでしょう？」

こんな風に、終也を傷つけて、無理に従わせようとする必要はない。

「それは、終也のことを見誤っている。俺たちは、もとから知っている。互いの望みのためならば、互いを切り捨てる、と。俺の望みを、終也は拒む」

「……っ、そう、分かっていらっしゃるならば。よほどの頼み事なのでしょうね」

唇を、胸元を血に濡らしたまま、終也は顔をあげる。

「終也。待って、いま誰かを」

「必要ありません。どうせ、死にはしないのですから」

「胸を切られても死なぬのだから、先祖返りは業が深い。まあ、いま死んでもらっては困るのだが。十織の先代が亡くなった今、お前にしか頼めないことだ」

「先代、様？」

「十織の力が必要だ。羽衣の子を、帝のもとへ連れてゆくために」

真緒は目を見張って、全身を戦慄かせる。

「……っ、羽衣姫様の子は、末の皇子様は亡くなっているって！　帝が心を乱して、生きているって、思い込んでしまっただけで！　それも、ぜんぶ嘘だったの？」

「すべてが嘘ではない。帝が心を乱しているのは本当のことだ。俺が、羽衣の子は生きている、と教えたからな」

長きに渡る在位で、帝は多くの子を生した。しかし、帝にとって、特別とも言える子は、おそらく羽衣姫が産むはずだった末の皇子だけだった。

「帝にも、隠していたの？」

帝が心を乱すのも無理はない。ずっと自分のもとに縛りつけていた恭司が、そのような隠し事をしているとは、夢にも思わなかったはずだ。

「当時の帝は、生まれたばかりの赤子でさえも、殺してしまいそうだった。羽衣の命を奪った、と。ならば、隠すしかないだろう？」

「羽衣姫の子が、末の皇子が生きているならば。あなたは、いったい、何をさせたいのですか？」

「羽衣の子に、帝を殺してもらう。そうすることでしか、あの人は救われない」

子どもに、実の親を殺させる。

恭司は、恐ろしい言葉を口にしていながらも、不思議なほど落ちついていた。

「帝は体調を悪くして、もう長くないんだよね。なんで、そんなことを？」

帝は体調を崩し、昨年の《神迎》の後から、ずっと表には出ていなかった。羽衣姫の子が息の根を止めなくとも、時を待たずして命尽きるのだ。

「だからこそ、だ。帝には時間がない。あの人を、憎しみに囚われて、苦しいまま逝かせるわけにはいかない。帝の命を終わらせるのは、あの人が誰よりも愛して、誰よりも憎んだ羽衣の子でなくてはならない」

「そん、な。でも、何処にいるの？　……ううん、ぜんぶ、おかしいよ。帝も、他の人たちも、羽衣姫様の子が生きているって、ずっと情報を摑めなかった。二十年以上も隠せるものなの？」

そのうえ、恭司は、ずっと帝に仕えていたのだ。なおのこと、帝に隠し通すことは難しいはずだ。

「……隠せるのでしょう。それができることを、僕は知っています。どうして、羽衣姫の子が、ずっと見つからなかったのか。この二十年と少し、帝の目から、逃げ続けることができたのか」

「そう、答えは簡単だ。お前がいちばん良く分かっているだろう？」

「十織の先代――父様が切ったのですね。羽衣姫が産んだ皇子と、帝の縁を。……っ、ならば、羽衣姫の子など分かりきっている。僕が、そう思いたくないだけで」

血を吐くように、終也は続ける。

「綜志郎が、羽衣姫の子なのでしょう？」

真緒は青ざめた顔で、終也を見つめることしかできなかった。

愛らしい顔立ちをした、義弟の姿を思い浮かべる。

あえて奔放そうに振る舞っているだけで、その実、生真面目で、人一倍、家族のことを気に掛けていた。

（だから、綜志郎は機織りをしなくなったの？）

十織の一族は、終也を除いて、機織としての技術を仕込まれている。昔は、綜志郎の方が腕が良かった、と志津香が言うくらいなので、綜志郎も同じだ。

綜志郎は、織ることができないのではない。織ることを自らに禁じていたのだ。

（綜志郎の織ったものには、魔除けの力が宿らなかった？　綜志郎は、そのことに気づいていたの？）

十織の血族ならば、ごく普通の糸であっても、機織を通して十番様の力を宿すことができる。とても弱い力ではあるものの、魔除けの力が宿るのだ。

その力が宿らないならば、綜志郎には十織の血が流れていない、ということだ。

以前、彼は帝都のことを、縁のない土地、と言っていた。

しかし、羽衣姫と帝の子ならば、おそらく生まれた土地になるのだ。

縁のない土地であるはずがない。むしろ、そこには綜志郎の生まれに関わる、とても重要な縁があった。

（その人には、その人の縁がある。ふつうに暮らしていたら死ぬまで切れることのない、その人の行く末に絡みついた糸がある）

もし、その糸が切られたとしたら、神の力をもって、運命をねじ曲げたということ。

亡き十織の先代は、綜志郎と帝の縁を切った。運命をねじ曲げることで、綜志郎は十織家の子どもとされた。

「父は、どうして、恭司の望みを叶えたのですか？　……っ、身の内に、火種を抱き込むようなことです。綜志郎に、罪はなくとも」

十織家は、ただでさえ薫子が嫁いだときの件で、帝から睨まれていた。帝の子――それも、羽衣姫が生んだ子どもを受け入れる理由があるとは思えない。

「理由？　終也、お前だろうよ。お前を産んで心を病んでしまった薫子様には、先祖返りではない男児が必要だった」

義母の名に、真緒は息を呑む。

恭司が何を言いたいのか理解してしまった。

綜志郎は、志津香とは双子として育てられた。つまり、同日でなくとも、生まれた時期は近しいのだ。

そして、終也と双子たちは年子である。

終也を愛せなかった薫子が、終也のような姿ではなく、人の形をした子どもを欲して、生まれたのが志津香だったとしたら――。

しかし、志津香が女だったことで、薫子の傷を和らげるに足りなかったとしたら――。

薫子には、たとえ十織家の血が流れていないとしても、終也と同じ男児が必要だった。

（それに。綜志郎が、薫子様にとって異母弟にあたるなら血は繋がっている）

先代が薫子に与えたかったのは、彼女と血の繋がった、先祖返りではない男児だった。

六久野の姫君――羽衣姫の子ならば、綜志郎にも神の血は流れている。だが、少なくとも、終也のように、人の形をしていない赤子ではなかったのだろう。

そんな残酷な想像を、さも事実のように恭司は語る。

「僕の、せいですか？」

終也も、まったく同じ想像をしたのだろう。

「終也。待って、薫子様がそう言ったわけじゃないよ」

真実など、いまここで話しても分からない。十織家が綜志郎を受け入れた裏で、それぞれが、どのような想いを抱いていたのか。

真緒は、ぎゅっと、終也の身体を抱きしめる。

「俺は羽衣の産んだ皇子を隠したかった。十織の先代は、薫子様と血の繋がりのある男児を欲していた。俺たちは、互いに望みを叶えただけだ。……それで終わったのならば、良かったのだが」

恭司と、先代との間で交わされた密約が、本当の意味で果たされなかったことは、現状から明らかである。

綜志郎は帝のもとに行くことなく、十織家に在り続けた。

「綜志郎が、いまも十織にいることは、恭司様にとって間違いなんだね」

「間違いだ。俺が、十織の先代と約束したのは、羽衣の子と帝の縁を切って、しかるべきときに結び直すことだ」

羽衣姫が生んだ子が育つまで、帝のもとから隠すこと。その後、しかるべき時に、もう一度、縁を結び直すこと。

この二つがそろって、恭司と先代の交わした約束となるらしい。

「先代様は、拒んだの？　綜志郎の縁を結び直すことを。だから」

真緒は震える声で続ける。真緒が何を言おうとしているのか察して、終也の顔がひどく強張った。

それでも、真緒はうつむかず、恭司を見つめたまま口を開く。

「あなたは、先代様の死と関係があるの？　恭司様」

繋がってほしくなかった出来事が、次々と繋がってゆく。

何もかもが、はじめから定められていたかのように、容赦のない現実が浮かびあがってくるのだ。

「先代のことは、不幸な事故だった。それが全てだろう？　それに、先代が死んでも、終也がいた」

暗に、先代の死に関わっていたことを示しながら、恭司は笑う。

（終也がいるから、先代様は死んでも良いって、考えたの？）

真緒は、もう一度、終也のことを抱きしめる。

終也が、友として、恭司に心を砕いていることを知っている。そんな友人から向けられた言葉に、終也が傷つくことも分かっていた。

「僕のせいで、父様が死んだ、と？　僕が先祖返りとして生まれてしまったから、綜志郎が引き取られた。僕が、父様と同じように縁を切り、結ぶことができるから、父様のことを殺しても良い、と。ぜんぶ、僕のせいだ、と」

終也が声を震わせた瞬間、真緒は叫ぶ。

「違う！　終也のせいじゃない。そんなことひとつもない」

「本当に？　終也が先祖返りでなければ、誰も苦しむことなく、十織は安泰だった。いずれ火種になる、羽衣の子を引き取る必要もなかった」

真緒は眉をつりあげて、恭司を睨みつける。

「わたしは、終也が終也として生まれてきて良かった。……っ、終也が、過去にたくさん苦しくて、つらい想いをしたことは嫌だよ。でも、そんな過去も、終也が人の世で生きてきた証で、そんな過去があったから、終也はわたしにも優しかった」

どうして、誰も彼も、先祖返りとしての終也を否定するのだろう。

人とは違う生き物だから、分かり合える存在ではないから、と言い訳をして、終也のことを人の世から遠ざける。

「終也が悪いことなんて、ひとつもない。皆が皆、自分の望みを叶えようとしただけ。終也のせいで何かが起きたなんて、おかしい」

「真緒」

「ねえ、終也。良いんだよ、違うと言って。終也のせいじゃない。あなたが生まれたことに、間違いなんて、ひとつもない」

終也は、真緒に出逢ったことで、正しく自分の人生が始まったのだ、と言った。まるで、今までの自分が間違いだったかのように。しかし、それは違う。彼の命が間違っていたことなど、一度だってなかった。

「みんな、どうして終也のことを仲間はずれにするの？　外に追い遣ろうとするの。こんなに一緒に生きているのに。一緒に生きたいって、思っているのに」

神と人は対立するものではなく、手を取りあって一緒に生きてゆく。

真緒はそう信じている。それなのに、皆、自分とは違う生き物だから、と終也のことを除こうとする。

「兄貴、義姉さん」

騒ぎを聞きつけてか、邸の中から、綜志郎が出てきてしまった。

恭司のまなざしに、確かな熱が宿った。まるで、ずっと探していた宝物を見つけたように、綜志郎のことを見つめている。

綜志郎は、最初からすべてを知っていたかのように、凪いだ表情をしていた。やはり、彼は自らに十織の血が流れていないことに、とうの昔から気づいていたのだ。

あるいは、真緒たちの遣り取りを聞いていて、確信を得たのか。

「綜志郎。……っ、戻りなさい」

「それは、当主としての命令？　それとも兄貴として？」

「兄として、です。君は十織の子です。恭司に……、帝に、渡すわけにはいきません」

「父様が命をかけて守ったものだから？　それとも、俺のこと、弟として愛している、なんて薄ら寒いことを言うわけ？　あんた、そんなに愛情深いとは思えないけどな。俺たちとは違う生き物なんだから」

綜志郎は、からからと笑う。

「あんたが守るべきは俺じゃない。十織家だ。――間違えんなよ、義姉さんの隣にいたいのなら、義姉さんの家を壊すべきじゃない。第一、ここは志津香の家だぞ。あいつのこと不幸にしたら、兄貴でも殺してやる」

「綜志郎！」

「知っているだろう？　俺がいちばん大事にしたいのは、譲れないのは志津香だった。だから良いよ。俺のことは切り捨てて。兄貴には見えるんだろう？　ぜんぶ」

綜志郎は笑った。

終也の眼には、きっと綜志郎に絡みつく縁が見えている。かつて、いっとう太く結ばれていながらも、切れてしまった糸があるはずだ。

その糸の先は、もともとは実父である帝に繋がっていた。

「結んでくれ、俺が行くのが最善だ。もたつくなよ、ここでためらえば、次に切られるのは義姉さんだろうから」

綜志郎は苦々しげに零す。

恭司の手には、いまだ軍刀が握られていた。おそらく、真緒を仕留めることなど、一瞬だろう。

「義姉さん。あんたが一番に考えるのは兄貴のことだろう？　間違えんなよ、優先するものを」

綜志郎は、ためらう真緒に釘を刺した。

（わたしが、いちばん大切にしたいのは終也で。……っ、でも、十織の家族だって、わたしの大切なものなのに？）

大事にしたかったものが、掌から零れてゆく。真緒にとって、はじめての家、はじめての帰る場所が、ばらばらになっていく音がする。

「覚悟は、もう決まっているのですね」

終也は震える手をあげる。細く、長い指先が、まるで見えない何かを結びつけるように動いた。

真緒には、縁の糸を見ることはできない。だが、確かに繋がったのだろう。

「兄貴は、こういうとき話が早くて助かる。俺にだって守りたいものがある。兄貴が、義姉さんを守りたいのと一緒で」

「そこだけは、僕たち、似ているのかもしれませんね」

綜志郎は目を丸くして、それから嫌そうに眉をひそめた。

「兄貴に似ているなんて、言われても嬉しくない。……御客人。はじめまして、で合っているか？」

軍刀を鞘に納めながら、恭司は首を横に振った。

「いや、あなたが生まれたときに会っている。羽衣の遺体から、あなたを取り上げたのは俺だからな」

「そ。じゃあ、あらためての御挨拶だ。十織綜志郎、よろしく」

「十織？　あなたは羽衣の子。十番様の血など流れていない」

恭司のまなざしは、真っ直ぐ綜志郎だけに向けられていた。終也のことも、その隣にいる真緒のことも、すでに眼中にはない。

恭司は、本当に長い間、この時を待っていたのだ。

「俺は、十織の人間で、志津香の双子の弟だよ」

「あなたとは似ても似つかない、あの気の強そうな娘？　双子など片腹痛い」

「あんたに何を言われようが、俺たちは双子だよ。俺は此の世でいちばん志津香を大事にしたいと思っているし、向こうだって変わらねえよ。だから、あんたに笑われる筋合いはない」

綜志郎は、一歩、一歩と、恭司のもとへ近づく。

「綜志郎！　待って！」

「待たない。俺がいなくとも、機織がいるなら、此の家は大丈夫だろう？　義姉さん。頼むよ、志津香のこと。もう俺は一緒にいてやれないから」

「一緒にいてよ！　志津香だって、ずっと一緒にいたいって思っているよ」

十織の双子は、他者が立ち入ることのできない特別な関係だった。それだけ深い絆があった。彼は、そんな双子の片割れを置いていくつもりなのだ。

「俺は恵まれていた。十織家の子どもになれたことは、俺の人生で、いちばんの幸福だった。だから、もう良いよ」

　真緒はきつく歯を食いしばって、顔を上げる。

「何も！　何も、良くない。誰も、あなたの代わりになんて、なれないのに」

　真緒は溢れそうな涙を堪えた。いま、傷ついているのは真緒ではない。

「俺は、ずっと自分のことを、兄貴がダメになったときの控えで、代わりだと思っていたよ。兄貴が、前の先祖返りみたいに自殺したときのために。……十織の血を繋ぐのは、志津香がいるから問題ない。繋ぎの当主くらいなら、十織の血を引かない俺にも果たせるだろうって」

「先代様も、薫子様も、そんなつもりで、あなたの親になったわけじゃないと思う。そんなの、あなたが一番よく分かっているでしょう？」

　真緒が嫁いだとき、綜志郎は「母様の肩を持つ」と言った。兄ではなく、母親を擁護する立場を崩さなかった。

　彼は、父親である先代のことだって、決して悪く言わなかった。十織家の父母から、めいっぱい愛を注がれて、大切にされてきたからだろう。

「血の繋がりだけが、ぜんぶじゃない。あなたの歩んできた道が、あなたを形づくるよね。十織が、あなたの家だよ。帰る場所だよね？」

綜志郎は振り返らなかった。真緒の言葉に応えず、恭司のもとへ行く。

真緒は拳を握って、前を向く。

「迎えにいくよ。ぜったい」

いま、綜志郎を引き止めることはできなくとも、必ず迎えに行く。十織の家には、綜志郎が必要だった。

◇◆◇◆◇

京発帝都行の列車に揺られながら、十織綜志郎は窓の外を眺めた。

瞬く間に移り変わる景色に、花絲の街から遠ざかってゆくことを実感する。

思えば、糸の買い付けのために、あちらこちらを旅したが、帝都には足を踏み入れたことはなかった。

綜志郎は、そのことを不思議に思ったことはなかった。

帝都は、糸の産地ではないので、そもそも用事がなかったと思っていたが、本当のところは違っていた。

　正しく、縁のない、縁の切られた場所だったのだ。

（帝を殺させるために、か。顔も見たことのなかった息子に殺されることで、本当に救われるとは思えねえけど）

　帝の容態は、かなり悪いらしい。だから、恭司には時間がなかった。どうしても、帝が存命のうちに、綜志郎のことを連れてゆきたかったのだろう。

「こんな素直に、従ってくれるとは思わなかった」

　綜志郎は、窓から向かいの席へと、視線を移した。

「素直に従わなかったら、十織に何をするか分かったもんじゃねえだろ。俺のことを理由に、父様を殺したくらいなんだから」

　六久野恭司は、綜志郎の言葉を、肯定も否定もしない。だが、十織家先代の死には、間違いなく綜志郎の存在が関わっていたのだろう。

（他人の子を懐に入れて、死んじまったなら世話ない）

　父の骸にすがりつき、身も世もなく泣き叫んでいた母を思い出す。

　血縁上は、異母姉にあたるらしいが、綜志郎にとっての薫子は、やはり母親でしかなかった。

この身に流れる血が異なったとしても、綜志郎は十織の子なのだ。

「なるほど。十織を守るために、と。泣ける話だな」

「泣ける話だなんて、ちっとも思っていないくせに。よく言う。少しでも同情する心があるなら、俺のことなんて、放っておいてくれたら良かったんだ」

「それはできない相談だ。そもそも、今までが間違っていた。あなたは羽衣の子、つまり六久野の同胞だろう？」

羽衣姫。

花絲の街で育った綜志郎ですら、存在だけならば知っていた。宮中で生まれ育ち、羽衣姫とも面識があった薫子から、聞かされていたとも言う。

もしかしたら、こんな時がくる、と、薫子は恐れていたのかもしれない。

「俺は志津香の弟で、十織の人間だよ。産みの親なんて知るもんか。あんたにつくのは、家族のため」

「神在は、血から逃れることはできない。終也の嫁の言葉なぞ、ただの綺麗事だ。血こそ全て、血こそ真実だ。あなたの身に流れる血だけが、あなたを形づくる」

「あっそ。綺麗事の何が悪いんだ？　血こそ全てだって言うなら、俺はどうして、今も志津香を愛しているんだろうな。血の繋がりなんて、双子に比べたら、ずっと薄かったっていうのに」

　綜志郎は、薫子の息子ではなく異母弟だ。つまり、綜志郎と志津香も、本当は叔父と姪にあたる。

　しかし、それが何の問題になるのか、綜志郎には分からない。

「俺は今も変わらず、あの泣き虫な、お姉様を愛している。俺の半身、俺の唯一だって思っているよ。俺の、いちばん大切な人だ」

　幼い頃、志津香はよく泣く子どもだった。

　綜志郎にとって恐ろしくとも何ともない夜闇に、ひどく怯えて、ぐずっていたものだ。

　夜に限った話ではない。気の強そうな顔に反して、怖がりなところのある娘だったから、様々な場面で、綜志郎の陰に隠れていた。

　背丈を追い抜かされてからも、綜志郎の心には、いつだって幼い彼女の姿があった。

『そうちゃん。ずっと、手を繋いでね』

　鈴を転がしたような声で、綜志郎を呼ぶ声がする。

（しづ。俺は、お前のために在るよ）

　だから、泣くな。俺の半身、俺の唯一。

（お前のためならば、手を汚す覚悟なんて、とうの昔にできているのだから）

「地獄でも何でも、連れていけよ」

それで志津香が泣かずに済むのならば、綜志郎にとって何の問題もなかった。

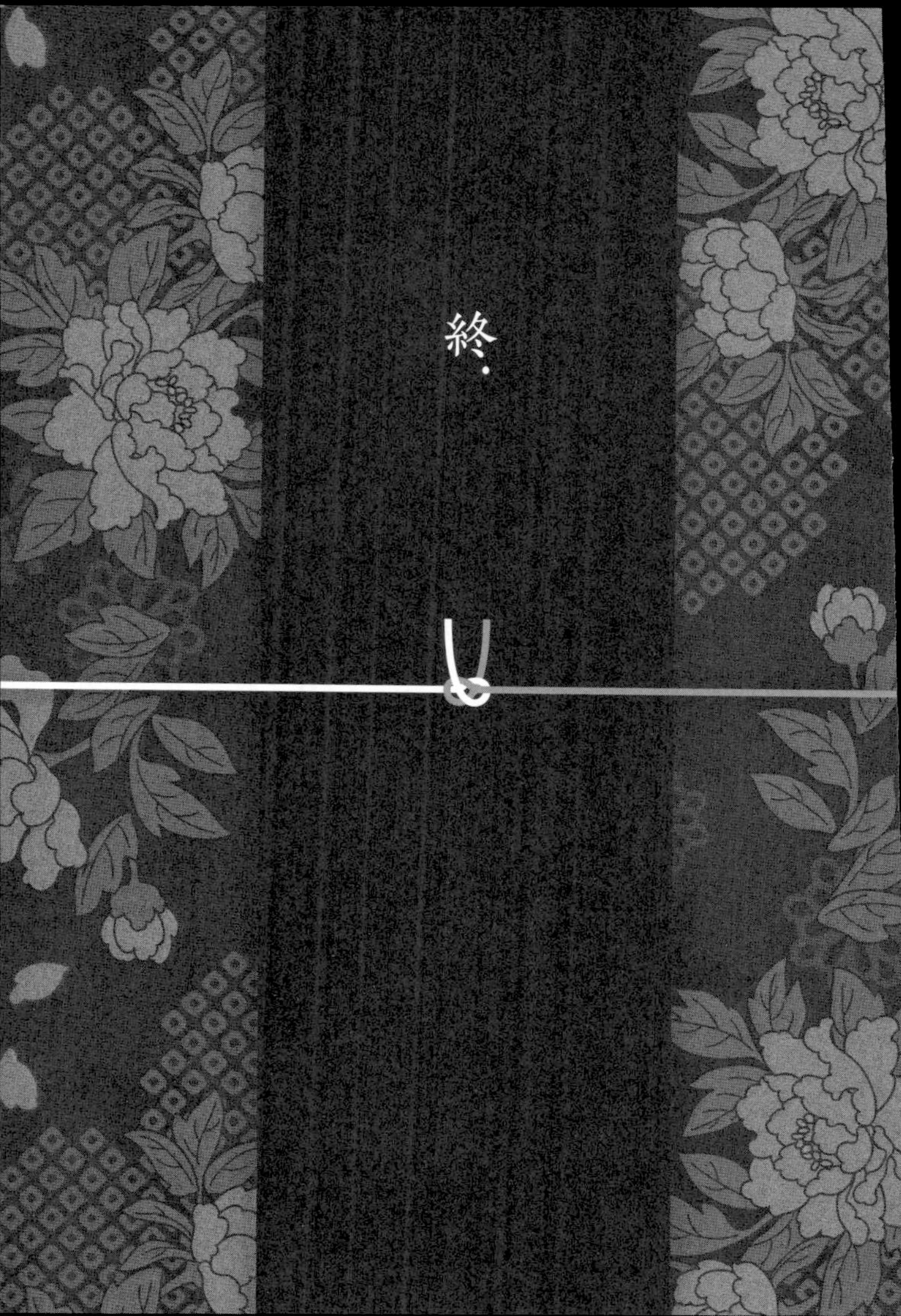
終.

夜の静寂に、かこん、と、涼しげな鹿威しの音が響く。

怪我を負った終也のこと、邸の騒ぎ、あらゆることに対応しているうちに、瞬く間に時間は過ぎ去ってしまった。

薫子の居室を訪れることができたのは、虫も鳴かぬような真夜中のことだった。

今朝方、門前で起きた騒ぎは、薫子の耳にも入っているだろう。しかし、真緒の口から、あらためて説明するべきだと思った。

義母は青ざめながらも、最後まで耳を傾けてくれた。

「終也は、大丈夫なの？　大怪我だったのでしょう」

真緒の脳裏に、軍刀で切りつけられて、血まみれになった終也の姿が浮かぶ。抱きしめたときに感じた、生あたたかな血の温度がよみがえる。

恭司と綜志郎が去った直後、大量に出血したせいか、終也は気を失った。

「今は、もう良くなり始めているみたいです」

しかし、命に差し障るほど容態が悪化することはなく、ほんの一日も経たぬうちに意識も戻ったのだ。

本人いわく、邸を歩くくらいならば問題ない、とのことだった。

「……あの子は、簡単には死ぬことができないものね」

先祖返りであるために、終也の肉体は、見た目に反して強靭にできている。ただの人間ならば命を落とす傷も、致命傷にはならない。

（終也の身体が、丈夫なことは嬉しい。でも）

それは、容易には死ぬことができない、という意味でもあった。

終也は長い時間を生きるだろう。強靭な肉体を持っているが故に命を落とさず、そもそもの寿命が尽きるのも、人よりもずっと先のことになる。

だからこそ、彼の生きる時間が幸福であるよう、幸福な命と思ってもらえるよう、手を尽くしたかった。

真緒だけでは足りない。

恭司も、そして十織家の家族も、終也が人の世で生きるために必要なものだった。

「教えてくれますか？　綜志郎のことを」

薫子だけは、先代亡き十織家で、唯一、綜志郎の秘密を知っていた。その秘密は、おそらく恭司が動かない限り、誰にも明かされる予定はなかった。

「志津香を産んだとき、旦那様は、もうひとり可愛い赤子を連れてきてくれたのよ。生まれたばかりの男児だった。私たちの子、と」

薫子は口元を小さく歪めて、儚げに笑った。

「背中にね、ふたつ傷痕のある子だったのよ。――私は宮中に伝手があるから、どなたの御子なのか、すぐに予想がついた。私と旦那様のもとに来た意味も。私の子ならば、帝と似てしまったとしても、不自然ではないものね」

志津香と綜志郎は、顔の似ていない双子だ。しかし、双子であるということは、誰にも疑われることはなかったのだろう。

志津香は父親を、綜志郎は母親を思わせる顔立ちだったから。

綜志郎が、生母である羽衣姫ではなく、父である帝と似たことが、なおのこと彼の出生を疑わせなかった。

綜志郎は、薫子にとっては異母弟にあたる。血縁という意味でも、薫子のもとに預けることが、いちばん都合が良かった。

そして、何よりも――。

「十織家ならば、縁切りができるから」

綜志郎に繋がっていた、帝との縁を、十織ならば切ることができる。

生まれてから今日に至るまで、綜志郎が見つからずに済んだのは、十織家で匿われていたからこそだった。

「そうね。様々な理由があったのでしょう」

「その理由には、終也のことも含まれていましたか？」

真緒の声は上擦ってしまった。しかし、いま、薫子に問わなければ、前に進むことはできないと思った。

「否定はしない。だって、志津香を産んだのも、終也が理由だったの。あのとき、心を乱していた私には、どうしても、人の形をした赤子が……、いいえ。人の形をした息子が必要だったのでしょう。旦那様は、そのことを良くご存じだった」

真緒が抱いてしまった残酷（ざんこく）な想像は、限りなく真実に近かったのだ。

終也と志津香が年子であったことも、綜志郎が引き取られたことも、すべては薫子の心を慰めるためだった。

終也を産んで、心を病んでしまった薫子には、人の形をした赤子――それも、終也と同じ男児が必要だった。

連鎖的に、真緒の頭には、自分が平屋に幽閉されていた頃のことが浮かぶ。

真緒につらく当たっていた叔母（おば）は、年頃だけを見れば、叔母というよりも姉に近い。

深く考えたことはなかったが、おそらく、叔母が生まれたのは、真緒の母が出奔（しゅっぽん）した後のことだった。跡継ぎとなる娘が姿を消してしまったから、祖父母は、もう一人、子どもを設けるしかなかった。

故に、真緒と叔母は、姉妹のような年齢差になった。

「誰も。誰かの代わりになんて、なれないのに」

思わず、真緒はつぶやいてしまった。

「そうよ。だから、綜志郎が連れてこられたとき、私は自分の愚かさを思い知ったの。でも、思い知ってもなお手放せなかった。産まれたばかりの志津香が、綜志郎の手を握って放さなかったから。それを見たとき、私は……」

「二人を引き離しちゃいけない、と思ったんですね」

薫子は頷いた。彼女の記憶には、仲良く寄り添う赤子たちの姿があるのだろう。

「終也には、酷なことでしょう？　自分が腹を痛めて産んだ子どもを愛せなかったというのに、他人の子を、我が子として育てたの」

薫子は、まるで罪を打ち明けるように言った。

幼かった終也への仕打ちは、薫子の罪だった。許されるべきことではなく、彼女自身、きっと生涯、許すことはない。

我が子を醜い化け物として拒み、呪い続けた時間は消えない。

「わたしのように、愛してくれたってことですよね。わたしも他人の子だから」

それでも、綜志郎のことを愛して、我が子のように育てたことは、決して責められるべきことではない。

薫子は、義理の娘となった真緒にも、心を砕(くだ)いてくれる。愛してくれている。

綜志郎のことも、同じように大切に想っていただけだ。

「あなたは、いつも真っ直ぐで、前向きで。綾(りょう)のことを思い出すのよ」

真緒は、薫子が先代の名を呼ぶのを、はじめて聞いた。いつも彼女は、旦那様、と言うだけで、その名を口にすることはなかった。

もしかしたら、名を呼ぶことを恐れていたのかもしれない。

いくら呼んでも、亡き人が応えてくれることはない。そのことを誰よりも思い知っていたから、名前を呼ぶことができなかったのだ。

「あの人が生きていたならば、きっと同じことを言ったでしょう。だから、私が代わりに言います。私と綾の子どもたちよ、終也も志津香も――綜志郎と、あなたも」

その声に応えるよう、真緒は立ちあがって、義母の手をとった。氷のように冷たくなった指先は、先ほどまで強く握り込めていたのか、ひどく白んでいた。

「はい。わたしにとっても、みんな大事な家族です」

(わたしは、きっと欲張りになった。我儘(わがまま)になった)

迎えにきてくれた男の子だけでなく、その男の子の大事なものも、真緒の守りたいものになった。

終也だけでなく、十織の家族のことも、真緒は愛しているのだ。

愛情深い義母のことも、少しだけ意地っ張りで可愛い義妹、義弟のことも、代わりなどいない大切な家族だと思っている。

「わたしは、わたしにできることをします」

「待って。あなた、何をなさろうと……」

真緒は首を横に振ることで、薫子の言葉を遮った。

「志津香のところに行ってきます」

真緒は深々と頭を下げると、そのまま薫子の前を辞した。

「志津香」

義妹の私室には、明かりさえ灯されていなかった。

ただ、真緒の目には、部屋の隅で膝を抱える志津香が、はっきりと映っていた。

彼女の傍らにある織り機には、織りあげている最中の反物がある。たしか、綜志郎の新しい羽織を仕立てるために、志津香が織っていたものだ。

真緒は堪らなくなって、志津香のもとへ駆け寄った。隣に座り込んで、熱を分け与えるように、そっと身を寄せる。

「義姉様。私、知っていたの。綜志郎の背中に傷があることを」

しばらくの沈黙の後、志津香は悲痛な面持ちで打ち明けた。

その傷は、おそらく、赤子だった綜志郎が奪われてしまった翼の痕だろう。奪ったのは、恭司だろうか。

（どんな気持ちで、綜志郎の翼を奪ったの？）

恭司が恋をした、六久野の姫君が産んだ子ども。

されど、それは六久野を亡ぼした帝の血を引く皇子でもある。

「志津香は、綜志郎のことが大事？　本当のことを知っても」

「大事よ、誰よりも大切な半身よ。そうちゃんだけが」

そう言ったあと、しまった、という風に、志津香は掌で口を覆う。

「そうちゃんって、呼んでいたの？」

「小さい頃の話よ。向こうだって、私のこと、しづ、と呼んでいたもの」

目を瞑ると、瞼の裏に、幼い姉弟が寄り添う姿が浮かんだ。見たことのない景色だが、簡単に想像できるのだ。今の二人が仲良しだから想像できるのだろう。

「ちっちゃい頃から仲良しだったんだね」

誰も立ち入ることのできない、二人だけの絆がある。単純な血の繋がりではなく、彼らが積み重ねてきた時間がつくりあげたものだ。

共に歩んできた道のりがあるからこそ、たしかな絆で結ばれた現在(いま)がある。

「そうね、仲良しだったのよ。もちろん、喧嘩(けんか)だってしたことはあるけれど、いつも、あの子が折れてくれた。……思えば、不甲斐(ふがい)ない姉だった。あの子を守っているつもりで、いつも私の方が守られていた。私、とっても泣き虫だったのよ。そんな私のことを、いつも庇(かば)ってくれたのが、そうちゃんだったの」

「綜志郎は、志津香のことが大好きだから、どうしても守りたかったんだと思う」

真緒にとっての終也が、綜志郎にとっての志津香なのだろう。此(こ)の世でいちばん大切にしたい人だ。

「あの子が宮中に行ったのは、私たちのため？」

真緒は否定も肯定もしなかった。代わりに、志津香の身体(からだ)を抱きしめる。

「志津香。わたしが綜志郎を迎えにいくよ」

真緒の肩に顔を埋めて、年下の義妹はぼろぼろと涙を流した。肩口を濡らす熱い涙に、真緒はいっそう強く、彼女のことを抱きしめ直した。

◇◆◇◆◇

「俺は、そうとう運が悪いらしい」

客間の長椅子で、志貴は深々と溜息をついた。

花絲の街まで下りていた志貴は、恭司の凶行により、十織邸に戻ってきた。ことの顚末を知らされて、ずいぶん苦い顔をしていたものだ。

「恭司様を止めることができなくて、ごめんなさい」

「お前が謝る必要はない。止められるはずもないだろう？　むしろ、切られたのが終也で良かったな。お前では即死だったかもしれない」

「わたしには、良かった。とは口が裂けても言えません」

血まみれの終也を抱きしめたときの絶望が、喉の奥から迫り上がってくる。

「そこは、胸を張って、良かったと言え。終也の立場がないだろうよ。……さて、どうしたものか。羽衣姫の子に、帝を殺させる。となれば、螟の未来視のとおりになってしまうわけだ」

「志貴様は、綜志郎が、次の帝になる、と思っているんですね。今上帝を殺したあとに」

——末の皇子が、帝を殺して即位する。

　そうなった暁には、八塚螟の遺した未来視は現実のものとなる。

「恭司は、そもそも螟の未来視を知らない、ただ自分の望みを叶えるために動いているだけだ。だが、ここまで未来視と重なるのだから、やはり即位するのは、羽衣姫の子なのだろうよ」

「でも、帝としては、ふさわしくないんですよね？　だって、綜志郎には神在の血が流れています」

「そのあたりは、恭司が根回しをしているのかもしれない。そもそも、あれは嘘つきだからな。周りの目を欺くために、軍人の恰好でもしているのかと思ったが、最初から一ノ瀬とも繋がっていたのではないか？」

「……恭司様は、軍服は伝手を使って盗んだって」

「伝手。物は言い様だな。宮中から追われる身だというのに、余裕そうにしていたのも、捕まらない、と分かっていたからかもしれない」

　疑いはじめると切りがなかった。

「でも、国生みの契約は？　正統ではない帝が即位したら、もっと怖いことが起きるかもしれません」

「そのとおりだ。《火患い》のことも解決していないなか、神在の皇子が即位すれば、国生みの契約に、さらなる綻びを生じさせるのだろう」

志貴の言うとおりだった。

羽衣姫が、国生みの契約に関わる物を隠したことから、火患いに繋がったという。それが解決することのないまま、帝として正統とは言えない皇子が即位したときには、もしかしたら、大きな禍が顕れるかもしれない。

「恭司様は、もう覚悟を決めています。だから、国がどうなっても良いのかもしれません。今上帝のことを優先するんだと思います」

きっと、此の国がどうなったとしても、恭司は気にも留めない。

羽衣姫亡き今、彼が此の世でいちばん大切にしたいのは今上帝なのだ。それ以外の人間に、情がないわけではない。だが、今上帝の御心を救うためならば、何を犠牲にしても突き進むだろう。

たとえ、万人にとって正しくなくとも、数多の命が犠牲になったとしても、恭司は譲ることのできない一人を選ぶ。

「なるほど。国が亡びようが、自分の望みを優先するわけか。実に神在らしい。俺には、とうてい理解したくない感情だが」

志貴は苛立ちを隠さず、乱暴に前髪をかきあげた。

「恭司様を止めたいんです。綜志郎にも、帝を殺すなんて、そんな苦しいことをさせたくありません。だから、志貴様に、お願いしたいことがあるんです」

「お願い？」

「わたしが何をしても、わたしと十織は関係ない。そういうことに、しなくちゃいけないと思うんです」

「そうしなければ、六久野のようになるから、か？」

「はい。帝は、六久野の人たち全員に責を負わせました」

自分を虐げた者だけではなく、何の罪もなかった人さえも巻き込んだ。六久野の一族のなかには、一族の罪を知らぬまま、その罪を贖うことになった者たちがいる。

恭司を止めようとすれば、当然、今上帝も関わってくる。

真緒の行動次第で、十織に対しても同じことが起きるかもしれない。

「俺に、十織を庇え、と言っているのか。お前が何をしたところで、十織は無関係である、とでも言えば良いのか？　俺の言葉に、さして力はないだろうよ」

「力はあると思います。志貴様は、次の帝になるでしょう？　絶対に。あの未来視は、螟様の形見だから」

「螟の未来視にいた皇子は、俺ではなかった」

「未来って、わたしには良く分かりません。でも、まだ起きていないことなら、きっと変えることもできるはず」

「お前は傲慢だな」

「はい。でも、わたしは、ずっとそうでした。いつも、終也のことを一番に考えてしまうんです。終也が幸せであるように、と祈っています。わたしが死んだ後も、ずっと。そのために必要なら、わたしは何でもできるから」

真緒は、いつだって自分勝手だった。ただ、自分の望みを叶えようとしている。あの暗がりで出逢い、真緒を迎えにきてくれた人の幸福を祈っていた。

「志貴様。わたしを、宮中に連れていってくれませんか？」

志貴は深々と溜息をついたあと、頷いてくれた。

◇◆◇◆◇

春の夜風が、赤い椿の花を揺らしている。

真緒は、いまだ遅咲きの椿が残っている庭を歩く。椿の木陰に、終也の姿を見つけたとき、胸が締めつけられた。

その背中はもの悲しく、何処(どこ)か寂しいものに感じられた。

「休んでいなくても良いの？」

「万全の状態ではありませんが、もう平気ですよ」

あれほどの大怪我(おおけが)を負ったとは思えないほど、終也は平然としている。そのことに、真緒はひとつの想像をしてしまった。

「恭司様が、手加減をしたから？」

いくら先祖返り(せんぞがえ)とはいえ、これほど早く、出歩けるまで回復したことには、別の理由も重なったのではないか。

終也を傷つけたことは許せないが、あのとき、恭司は手心を加えたのかもしれない。

「きっと、そうでしょうね。……いいえ、そうだったら良い、と、僕が願っているだけかもしれません」

終也は痛みを堪えるように、胸元に手を当てる。痛んでいるのは、恭司に切られた傷だけではなく、彼の心も同じだろう。

「僕は、恭司のことを分かったつもりになっただけで、何も分かっていなかった。……恭司は、最初から目的があって、僕に近づいたのでしょう。あるいは、父との契約には、そのことも含んでいたのでしょうか?」

終也と恭司が出逢ったのは、帝都の学舎だったという。卒業までいることはできなかったとはいえ、終也にとって、あの場所は特別な場だったのだ。

そして、そこで得た友のなかでも、恭司は特別な立ち位置にあった。

互いに、一番にすることはできない。いつか相手に切り捨てられる日が来るかもしれない。そんな風に思っていながらも、彼らは友として在り続けた。

「それでも、終也と恭司様が一緒にいた日々は、嘘じゃないよ」

(終也は、一度も言葉にしたことはなかったけれども。きっと、終也にとっての恭司様は親友だった)

すべてを知った今も、終也は友としての情を捨てることができない。そして、真緒はその情を捨てさせたくなかった。

「終也。大事な、お話があるの」

名前を呼べば、彼はいつものように膝を折って、視線を合わせてくれる。

手を伸ばして、終也の頰に触れる。両手で包み込むようにして、その輪郭を確かめるように触れる。

「真緒?」

終也は、自分のことを冷たい男という。

だが、真緒にとって、此の人はいつもあたたかい人だった。冷たくなった心を、いつだって温めてくれる人だった。

その温もりを知っているからこそ、真緒は勇気を出すことができる。


「離縁してくれる?」


終也は唇を震わせた。だが、声にはならなかったのだろう。

きっと、彼には、真緒の意志が伝わっている。誰よりも、真緒の心に寄り添ってくれる人だから、真緒の気持ちも正しく理解してくれるはずだ。

「君の行動で、十織家に責を負わせないためにですか?」

「綜志郎を迎えにいきたい。だから、わたしは十織真緒だとダメなの」

真緒は、十織家の機織であり、終也の花嫁だった。だからこそ、真緒の行動は、すべて十織家の責に繋がってしまうかもしれない。

荒れ果てた天涯島の景色が、脳裏に浮かぶ。

この家を、この街を、同じ目に遭わせるわけにはいかない。

「わたしが、ただの真緒として勝手にするの」

　真緒は、十織家の一員だった。真緒の帰りたい家は、十織家である。けれども、綜志郎を迎えに行くために、真緒は十織真緒であってはならない。

「僕は！　君がいるのならば、他に何も要りません。家族だって、友だって、ぜんぶ捨てられる」

　真緒は首を横に振った。

「終也は捨てられないよ。あなたの中には、家族も、友人も、大切にしたいって思う心がある。あなたは人の世で生まれて、人の世で生きてきた過去があるの」

　宝石のように美しい、緑の瞳が揺れる。

「綜志郎のことも、恭司様のことも大切だよね？　終也が人の世で生きてゆくとき、大切にしたいものだよね。わたしだって同じように、大切に思っているよ。あなたの願いは、わたしの願いでもあるの」

　此の人を幸せにしたい。此の人の歩む道が、孤独なものではなく、優しいもので満ちていることを祈っている。

　彼の過去も、現在も、未来も抱きしめてあげたい。何一つ捨てさせたくない。

「離れていても、独りじゃないよ。いつだって、終也が傍にいてくれる。だから、わたしは大丈夫なの。終也は、ここで十織を、花絲を守って」

十織家の当主であるから、花絲の領主であるから、終也は動けない。

だから、代わりに真緒が、ただの機織として宮中まで行こう。恭司を止めて、花絲まで義弟を連れて帰ってくる。

「わたしたちは始まりと終わり。二人で完璧なものだから、終也にできないことは、わたしがするの」

終也は泣くのを堪えるように眉をひそめて、それから真緒をかき抱いた。骨が軋むほど強い抱擁が嬉しくて堪らなかった。

此の人は、いつだって真緒を必要としてくれる。

「必ず。必ず戻ってきてください。何度だって結びますから」

何度切れても、何度だって結ぶ。それが真緒にとっての恋だから、何も怖くはない。

(大丈夫。離れていても、ちゃんと結び直せるから。結んでくれるから)

真緒は、終也の背に手を伸ばさなかった。代わりに、覚悟を決めるように、そっと彼の身体を押し返した。

「いってらっしゃい、って言ってくれる？　それで、綜志郎と一緒に帰ったら」

「おかえりなさい、と真っ先に言わせてください。君の帰る家も、綜志郎の帰る家も、ここにあります」

庭で、赤い椿（つばき）の綻（ほころ）ぶ春のこと。

真緒は、花絲の街に背を向けて、帝都へと向かった。

集英社オレンジ文庫をお買い上げいただき、ありがとうございます。
ご意見・ご感想をお待ちしております。

● あて先
〒101-8050　東京都千代田区一ツ橋2-5-10
集英社オレンジ文庫編集部 気付
東堂　燦先生

十番様の縁結び 4

神在花嫁綺譚

集英社
オレンジ文庫

2023年6月25日　第1刷発行
2023年7月26日　第2刷発行

著　者　東堂　燦
発行者　今井孝昭
発行所　株式会社集英社
〒101-8050東京都千代田区一ツ橋2-5-10
電話【編集部】03-3230-6352
【読者係】03-3230-6080
【販売部】03-3230-6393（書店専用）
印刷所　図書印刷株式会社

ISBN 978-4-08-680506-3 C0193